MURAKAMI
HARUKI

MURAKAMI ASAHIDO

ANZAI
MIZUMARU

— 随笔集 —

〔日〕

村上春树
安西水丸
—— 著

林少华
—— 译

村上朝日堂是如何锻造的

| ● Murakami Haruki ● | ● Anzai Mizumaru ● |

MURAKAMI ASAHIDO
WA IKANI SHITE KITAE RARETA KA

上海译文出版社

MURAKAMI ASAHIDO WA IKANI SHITE KITAE RARETA KA

by Haruki Murakami

Copyright © 1997 Haruki Murakami

All rights reserved.

Originally published in Japan by ASAHI SHIMBUN PUBLISHING
COMPANY，Tokyo.

Chinese（in simplified character only）translation rights arranged with
Haruki Murakami，Japan

through THE SAKAI AGENCY and BARDON-CHINESE MEDIA AGENCY.

Illustrations © 1997 ANZAI MIZUMARU JIMUSHO

图字：09－2003－317 号

图书在版编目(CIP)数据

  村上朝日堂是如何锻造的/（日）村上春树，（日）
安西水丸著；林少华译．—上海：上海译文出版社，
2020.5
  （村上朝日堂系列）
  ISBN 978－7－5327－8319－9

  Ⅰ.①村… Ⅱ.①村…②安…③林… Ⅲ.①随笔一
作品集一日本一现代 Ⅳ.①I313.65

  中国版本图书馆 CIP 数据核字(2020)第 042510 号

村上朝日堂是如何锻造的

[日]村上春树 安西水丸 著 林少华 译
责任编辑/姚东敏 装帧设计/千巨万工作室

上海译文出版社有限公司出版、发行
网址：www. yiwen. com. cn
200001 上海福建中路 193 号
上海信老印刷厂印刷

开本 890×1240 1/32 印张 9.25 插页 2 字数 79,000
2020 年 7 月第 1 版 2020 年 7 月第 1 次印刷
印数：00,001—10,000 册

ISBN 978－7－5327－8319－9/I·5099
定价：40.00 元

目录

译者短语

闲来翻看村上同读者之间的邮件往来，发现日本读者的提问真是五花八门。有的问有外遇和一夜风流的区别，有的问持续当女孩儿的条件，有的问村上是不是"恋爱至上主义者"以至性欲不强（何苦问人家这个？看来当作家也真不是好玩的！）。而村上对这些提问并不支支吾吾闪烁其辞或虚晃一枪落荒而逃，而大多以村上特有的语气和幽默一一认真回答。例如一个二十六岁的女职员问村上喜欢哪一类型女性，村上说他欣赏"好像没有浆磨过的、款式简洁而有档次、不俗的白色棉质衬衫那样的人"。这个村上式回答倒也不令人费解，但我总想进一步探个究竟，到翻译这本随笔集时，终于如愿以偿了。他在《汉堡的触电式邂逅》一文中明确表示："我觉得自己不至于为长相端庄的所谓美人型女子怎么动心。相对说来，还是喜欢多少有点破绽的有个性的脸型——有一种气势美。"并进一步交待说："漫长的人生当中也并非没有电光石火般的戏剧性邂逅。准确说来，有过两次。"至于这两次具体有何作为，我就不想多嘴多舌点破了，还是请读者自己在这本书里慢慢查看为好。

总的说来，村上的日常生活也是相当单调的，毕竟不可能天天有那种电光石火般的艳遇。村上自己也说过："小说家的一天是极其平凡而单调的玩意儿。一边'吭哧吭哧'写稿一边用棉球签掏耳朵的时间里，一天就一忽儿过去了。"不同的是，一般人掏完就完了，而村上却能从中掏出哲学来。他最推崇毛姆的这样一句话："即使剃刀里也有哲学。"凡事皆有哲学——这是村上一个极为宝贵的人生姿态，这使他在庸常的生活当中脑袋上始终架起高度敏感的天线，可以随时捕捉纵使微乎其微的信息并从中析缕出哲理性。

举个例子。《挪威的森林》走红之后，村上身边发生了好几桩烦心事，致使他心力交瘁，眼见头发一根接一根脱落不止。村上从这种一时性脱发中切切实实感觉到"人生是个充满意外圈套的装置……其基本目的似乎在于总体性平衡。简单说来就是：人生中若有一件美妙事，往下必有一件糟糕事等在那里"（《脱发问题》）。

日本一位教授指出："村上春树始终在追索日常行为所包含的哲学内涵。这种'追索'或者'哲学'构成了其随笔的基石。"也不限于随笔，在小说创作中他同样善于掏取哲理，点铁成金。

与此同时，村上还颇有温情和爱心，这使他的随笔蕴含着一种悲悯性。村上喜欢猫，他养的一只名叫缪斯的猫有个奇怪的习惯，产崽必让村上握住其爪子。"每次阵痛来临要生的时候就'喵喵'叫着，懒洋洋地歪在我怀里，以仿佛对我诉说什么的神情看我的脸。无奈，我只好说着'好、好'握住猫爪，猫也当即用肉球紧紧回握一下。"产崽时，"我从后面托着它，握住它的两只前爪。猫时不时回过头，以脉脉含情的眼神盯住我，像是在说'求你，哪也别去，求你了'……所以从最初阵痛到产下最后一只大约要两个半小时。那时间里我就得一直握住猫爪，与它四目相视"（《长寿猫的秘密·生育篇》）。

当今时代，人与人之间缺乏的不是沟通的手段，而是促成沟通的温情。别看城里人白天活得似乎风风光光，但夜晚永远在完整的公寓套间里做着破碎的梦。因为大部分城里人的生活和精神的质地本身就是支离破碎百无聊赖的。村上的随笔也表现这些，但他以爱心——至少是善意——这条底线将生活碎片串在了一起，使得琐碎无聊的日常行为有了回味的价值。当然，村上也有牢骚也有恼怒也有冷嘲热讽，但大部分都因悲悯而得到化解或升华。可以说，个人性是其随笔的"看点"，哲理性是其随笔的基石，悲悯性是其随笔的灵魂。

名为"译者短语"，却越写越长了，抱歉。

林少华

二〇〇三年盛夏

于东京

体罚

念初中时常挨老师打。记忆中，念小学没给老师打过，念高中也没有。可是不知何故，惟独上初中期间动不动就挨一顿。而且不是因为抽烟喝酒或偷东西一类严重问题挨的打，都是因为相当琐碎的小事，例如忘带作业啦和老师顶嘴啦等等。挨打几乎成了家常便饭，打嘴巴，或用什么砸脑袋。挨老师打已成为我们（至少是我）日常生活的一部分。对象基本是男生，但女孩子挨打也不是没有。

也可能因为我特别自以为了不起才动不动挨打，可我当时——现在另当别论——并非专以讨人嫌为能事的。

我就读的是兵库县芦屋市一所普通的公立初中，环境决不兵荒马乱。如今怎么样我不晓得，而当时没有令人侧目的不良分子，同级生几乎都是像画在画上一样的中产阶级家庭子女，据我所见所闻，没人调皮捣蛋，也没人称王称霸。在那种和平环境中，教师何苦频频出手打人呢？委实匪夷所思。那样子岂不是和战前的兵营没什么两样？

当然不打学生的老师也是有的。不过我想男老师有一多半打人。常有右翼分子说"战后民主主义教育把日本搞完蛋了"——具体指什么我可是全然理解不了。对我来说，"战后民主主义教育"那劳什子压根儿就不存在。

终究是三十多年前的事了，记忆也已相当依稀。但每次回想当时，一次也没有觉得"挨打也算不错"，绝对没有。现在想起仍快快不快，甚至心头火起。

不用说，若那时觉得"挨打也情有可原"，我也不至于如此耿耿于怀。问题是我每次都认为挨打不公平、岂有此理，所以才至今

念念不忘。至少我无论如何都没心思访问一次母校。我想这是不幸的，毕竟那所学校给我的难忘的美好回忆也有许许多多。

细想之下，我觉得自己的人生似乎由于日常性挨老师打而发生了相当大的改变。自那以来，我开始对老师和学校怀有恐惧和厌恶之感，不再感到亲切。人生途中也曾遇到过几位优秀教师，但与他们几乎不曾有过个人接触，横竖上不来那样的心情。这又是一种不幸。

几年前同是兵库县的一所高中发生了校门压死女生的事件。事情诚然荒唐至极，但依我的体验，觉得即使发生那种乱七八糟的事也无足为奇。得知有人甚至辩护说"事件固然不幸，但那位老师教课很认真"，我的心情更加黯淡。这些人大概不知道正是认真这点使得问题愈发严重了。

在电视新闻中看见过两次我上的那所中学。一次看见大地震遇难者的遗体摆在学校院子里，另一次是震灾发生后不久在搭满帐篷的院子里举行毕业典礼的情景。那时我已是四十六岁的小说家，住在马萨诸塞州剑桥城，再不用担心挨老师打了。

可是，较之对遇难者的同情，首先浮上脑海的是在那里挨老师打的令人窒息般的痛苦回忆。对地震遇难者我当然深感悲痛，与此相比，挨老师打的痛苦简直等于零。尽管如此，依然留在身体和心灵上的伤害还是超越了所有的道理和比较，一下子抢先涌上心头，大地震和体罚这两种毫不相关的野蛮暴力在自己的脑袋里重合成了一个场景。

世上也有人提倡"为了教育孩子，体罚是必要的"之说，但我认为那是不正确的。当然，出于善意而无意识地伸手打学生的认真老师也是有的，有时也会带来良好结果，但是，从体罚作为一种认真的方法论开始独立行走时起，它就变成了以世俗权威为依托的卑小的暴力。这也不仅限于学校。日本社会这种卑小的暴力性我已经看得讨厌了，如果可能，我真不想再见第二次。

♡假话的心脏：在小田原的动物园里看见有人用鱼糕喂海驴，海驴看上去吃得津津有味。

沙滩上的钥匙

中原中也[1]有一首诗："月光皎洁的夜晚，一颗纽扣掉在海滩。"下两句是："我把它拾在手里，虽说不想钉上衣衫。"说起来，我过去曾在藤泽鹄沼海岸沙滩上找出一把汽车钥匙，尽管没有如此潇洒。

九月一个星期日的傍晚，我独自在海边散步。坐在沙滩上怅怅

1　日本诗人 (1907—1937)。深受法国象征诗影响，以抒情见长。

地观看夕阳之间，有个什么硬东西碰在手上。一看，原来并非传说中上个世纪[1]火奴鲁鲁卡梅哈梅哈（Kamehameha）大王视为珍宝的白银鞋拔，而是一把带有"富士[2]"标记的普普通通的小汽车钥匙。估计是从哪个人裤袋里掉出来的，没人发现，一直落在这里。

想到某个人周末特意大老远来这海边游玩，却弄丢了车钥匙，真是够可怜的，作为我也非常同情。知道裤袋里钥匙不见了，那个人想必脸色铁青，拼死拼活四下找了好几个小时，但要从空旷的沙滩上找出一把富士车钥匙可不是件容易事……或者不如说相当困难。自己遭遇同样的情况会如何呢？想到这里，脊背一阵发凉。

光这样已够可怜了，而若领来一个自己喜欢的女孩，那就更是个求告无门的可怜故事了。两人在初秋的湘南[3]海岸欢天喜地耍了一天，男方嘴上说"差不多该回去了"而心里正盘算下一步怎样把女孩诱去宾馆之时，车钥匙却死活找不见了，这下如何得了！女孩肯定是用冷冷的视线扫遍他的全身，心想：什么呀，这人岂非整一个

---

1 指十九世纪。

2 一种日本出产的普通小轿车。

3 日本神奈川县相模湾沿海一带。

傻瓜蛋！假如她已经在心里做好打算："如果他邀请，跟去也未尝不可，火候差不多了。此人看来不坏，再说自己也想冲个淋浴，替换内裤都带来了。"——那么这就只能称之为海边悲剧了。别人的性冲动和我没有任何利害关系，我不过是个局外人，但若设身处地穿上这双"假设之鞋"（这东西我的鞋箱里可是塞了不少），实在为之痛心疾首。

而且，如果拾到的是宝马或保时捷的钥匙，作为我也可以淡然处之：是吗，唔，可怜自是可怜，不过忍耐一次也没什么吧！而实际上却是富士，这就让我有些感同身受、同病相怜了。我倒绝不是为富士重工做广告。

我这人无论什么东西一忽儿就弄丢了，所以对别人丢东西非常宽容、温和且富有同情心。倘若决斗当中对方因为丢了子弹而捶胸顿足，我想我也大概可以等他找到了再开枪，没准还会跟他一块儿寻找。对于丢东西的人我便是如此的友好，决不会横加指责。老婆弄丢了什么，我也总是"算了算了，这种时候也是有的"地好言抚慰，从未发脾气或冷嘲热讽。虽然角色对换了就会遭受冷言恶语。

很久很久以前，我一个高中同学去世了，他母亲送我一枚肯尼迪半美元硬币作为纪念。在表参道行走时发现一家定做钥匙扣的店，就拿出那枚硬币定做了一个，因为这样就能长期使用了。不料几天后去店里取时，做好的钥匙扣上的肯尼迪硬币居然同我作为纪念品拿回来的那个截然不同，上面应有的一小块伤痕不见了。追问是怎么回事。店里的人说那枚硬币不知在哪里弄丢了，只好买枚新的安上。我把事情的原委向店里说了一遍，告诉对方那枚硬币对于我具有非同一般的意义。对方深深鞠躬道歉，可丢失的硬币是回不来了。

不过当时我没怎么生气。沮丧固然十分沮丧，但不知为什么，没想到发脾气或出言不逊，拿了新硬币就回来了。那时蓦然心想：这样的事是会发生的。有形之物无论怎么努力迟早都将倏然消失，人也罢，物也罢。

安西水丸[1]的秘密森林

　　前不久，我和老婆一起去出席附近一家画廊举办的安西水丸画展公开晚会。展馆里集中展出了水丸和我共同创作的《夜半蜘蛛猴》的插图原作。几十幅原作齐刷刷排在一起，蔚为大观。在那里举杯喝香槟时见到了久违的水丸太太，还认识了他的千金（画伯[2]

1　经常为村上春树作品配插图的日本画家。

2　日本对名画家的尊称，这里指安西水丸。

非常非常害羞），气氛俨然青山[1]那边的联欢会。画伯会后想必去附近那家名叫"ARUKUURU"的酒吧度过了一个富于野性的夜晚。我因为以往每次深夜去"ARUKUURU"都无端地（大概灯光太暗的缘故）在吧台打瞌睡，于是只在近处的寿司店喝了一点啤酒，然后就乖乖回家去了。

回想起来，我虽然同画伯结识很长时间了，但记忆中几乎不曾同他真正喝个尽兴。这是因为，水丸开始大举进攻的时刻同我困意上来的时刻相冲突。时下虽然住在近邻，不过感觉上好比小超市的早班和晚班，基本结构错位。

偶尔在哪里喝上一次，到了大约晚间十点，我就看看表说："水丸，我困了，得回去了。"画伯随即道："是吗，遗憾啊！这附近有个漂亮女孩，是你的小说迷，说极想见你。正想打电话叫她呢，可惜呀可惜。真的很漂亮哟，脾气也好。我想马上就能赶过来的……"而且每次都说得煞有介事。我是多少有点警惕，提防着受骗上当。不过水丸的夜生活内容深得超乎想象（我个人称之为"安

1　东京的地名。

西水丸的森林"），说法未必无中生有。作为我很想试探一下是否真有其事——看水丸"丁铃铃"打完电话后那个漂亮女郎是否会道一声"对不起让您久等了"而实际出现在这里。无奈时针一过十点，两片眼皮便像印第·琼斯电影[1]里的岩石门一样沉甸甸地滑落下来，最终是回家刷牙更衣呼呼大睡，于是同漂亮得别人一说我也很想见见的女郎无缘，同风和日丽（风和日丽到什么地步我自是不知）的梦幻世界——小白兔和大黑猴一边唱着约翰尼·蒂洛森的《漂亮宝贝》（*Cutie Pie*）一边在春天的原野上蹦蹦跳跳的梦幻世界——无关。

　　不过，即使水丸说的是真的，我也未见得言听计从，兴冲冲地去跟女孩子见面。因为事情恐怕并非见一见就能了结的。算起来已是十来年前的事了，一次给这水丸领到当时青山一家莫名其妙一塌糊涂的野性夜总会，那里有很多很多漂亮的龙腾虎跃的阿姐，所有人吵吵嚷嚷一起喝酒，闹得像明天一早就是世界末日似的。到底怎么回事呢，这里？如此想着战战兢兢地喝了口啤酒。正喝着，一个

1　美国的系列电影，有 1984 年拍摄的《印第·琼斯 魔宫的传说》、1989 年拍摄的《印第·琼斯 最后的圣战》等。

伤脑筋啊

女孩对我说"嗳，跳舞吧"，我推辞说"不不，这个我可不太……"结果水丸板起面孔道："喂喂，村上君，这种时候快快乐乐陪人家跳个舞才合乎礼节,不能让女孩子丢面子的,快快！"那时我还年轻，不大知晓世间有多么可怕，既然如此才合乎礼节，便陪她跳了一番。不料为时不久，青山一带传出了添枝加叶的风言风语："别看村上那个样儿，原来对跟女孩跳那种贴面舞特感兴趣。在一家夜总会跳得热火朝天。"一个女编辑告诉我："听了很让人失望，以为你村上君不是那样的人呢。"我这人让人失望已是家常便饭，说无所谓也无所谓，但出于慎重，还是查了查流言的源头。不用说，是水丸画伯大街小巷散布开去的。事情到了这个地步，作为我也有些尴尬。可话又说回来，我真的贴面舞跳了不成……？

　　此次画展也不例外。画伯在横滨绘画学校里教的女孩子来了几个，和她们站着稍微聊了几句。其中一个就问我："听说您在背后干了不少不地道的勾当，可是真的？"那种莫名其妙的流言的出处可想而知。真想大声问他：特意跑到横滨教什么去了？！

　　♡假话的心脏：今年夏天在夏威夷一家电影院看了《廊桥遗梦》。电影放完时，观众哄堂大笑。到底怎么回事呢，这？

空中飘游乐不可支

我一般不做梦。不过据学者说不做梦的人世上一个也没有，所以实际我也该是同样做梦的，只是早上起来时脑袋里毫无做梦的记忆。非我瞎吹，我睡觉好得出奇，可以像鳗鱼一样在 REM[1] 睡眠的泥沼里昏昏然一觉睡到天亮。即使做梦，也像一勺水洒在沙漠里一

1　Rapid eye movement 的缩略语。快速眼动。

样，被"吱溜溜"彻底吞进虚无之中，全然不留记忆。作为梦来说，辛辛苦苦花样翻新编出的多彩多姿的有趣梦境若到了早上荡然无存也未免扫兴，我好歹算是小说家，那种心情完全理解。抱歉是觉得抱歉，但不记得就是不记得，别无他法。

偶尔也会因为什么半夜突然睁眼醒来，那种时候就能清楚记起当时做梦的内容。但也只是醒一小会儿，马上又翻身睡去，因此到了早上还是全不记得做过什么梦。记得起来的惟有似真似幻的一点：一瞬之间曾鲜明地记得做的什么梦。这类似想唱歌却怎么也想不起本来熟知的旋律时的无奈感。

不过空中飘游的梦是个例外。过去我就时常梦见自己在空中飘游，而且单单这类梦哪一个都记得一清二楚，清楚得不可思议。梦中的空中飘游并非什么难事，纵身一跃，就势停在空中，如此而已。既无须特别使用肌肉，又不必集中精神，所以全然不累，可以永久飘游不落。想略微向上即可向上，想往地面接近即可接近。为什么别人就无能为力呢？百思莫解。毕竟想做即可做到，简单至极。"喂喂，简单着咧，只要掌握窍门，谁都行！"我对大家说。但由于太单纯太简单了，一下子没办法把窍门讲给别人听。

虽说是空中飘游，其实也没飘多高，也就离地面一米上下吧。原因我不清楚，反正心情上不想飘得很高。我觉得最理想的空中飘游是清心寡欲地在距地面五十厘米左右的上方飘飘忽忽。

这种模式的梦我好像定期做了很久——十五六年前我就曾为朝日新闻写过这方面的随笔，其中写道："我常做空中飘游的梦。"如此说来，从很久很久（久得已经记不起多久了）以前我就乐此不疲地持续做同一模式的梦。尽管是梦，可是那种飘游感早已切切实实地同我的自身融为一体了，以致当我第一次听说奥姆的麻原[1]能够在空中飘游或浮升的时候，较之信与不信，第一个念头是："怎么他也会？"因为空中飘游对我来说绝非什么特殊事、离奇事。那个我也做得来，当然是在梦中。

至于定期梦见空中飘游在精神解析上具有怎样的意义，那我不知道，也不太想知道。因为我觉得梦的解析意义没什么重要。这么说或许不无危险——我甚至认为自己做的恐怕纯属带有启示性的那一类梦。没准迟早我真的能够飘上空中。果真那样该有多妙。即使

1　麻原彰晃，日本邪教组织奥姆真理教的教主，曾策划制造东京地铁沙林毒气事件。

梦中一无意义二无目的飘忽忽地浮在空中都让人开心得无可形容，情不自禁地笑逐颜开，假如能在自己喜欢的时候尽情受用一番，人生该何等美好！

　　说实话，与此极为相似的"开心"近来在实际生活中品尝了一回。今年夏天可以不间歇地爬泳两千多米了！一天早上突然注意到时，居然游得顺畅无比，而此前全无这样的感觉。记得过去顶多游五六百米且累得气喘吁吁，而现在游上一个小时也不累不喘，不可思议。这种事何以发生在自己身上自是无法理解，但不管怎么说结果好就一切都好。独自在游泳池默默往返之间，不由高兴得咧开了嘴角。

　　这样，铁人三项赛（triathlon）往下只剩自行车了！眼下我村上居然不服老地燃起了青春激情。不过自行车怕是够累人的，肯定。

报纸、信息等等

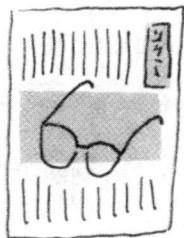

　　十年来没订报纸，回想起来也没什么特别不便。电视新闻也几乎不看。也可能因此错过了重大信息而实际上有所不便，但既然本人没有意识到不便，那么能否称之为"不便"就是个疑问了。信息是个不可思议的东西，进来的信息到何处为止有用、由何处开始无用已经渐渐没了界线。以为没用便似乎一切没用，反过来一旦为缺乏信息感到不安，便不安个没完。正因如此，信息产业才如此生意兴隆。

例如我所利用的网上服务，其大部分信息都是生活所不需要的劳什子，或者不如说即便百分之百没有了，时下也不至于感到不便（有则利用之）。其实现代信息产业这东西就是做出没有信息如何不便的假象，从而在本来不存需求的地方制造出需求来。

那么，对我们来说真正必需的信息一天究竟有多少呢？标准固然因人而异，就我而言报纸有四版大概就差不多了。"啪"一声摊开报纸，作为实感有正反两面足矣。想来，如今的普通报纸未免页数太多、太厚、太重。晚报也大可不必。或许你说只挑必要部分看就行了嘛，问题是森林每天都要为此从地球上消失一些。一想到这点，我的小小胸口便阵阵作痛。

过去刚写小说不久的时候，曾被登门劝订报纸的人折腾得好苦。现在怎么样我不清楚，当时是相当死缠活磨来着。白天正在家写东西，门铃"丁东"一声，出去一看，来人劈头一句"订报纸好吗？一个月就行"。我心想喂喂喂只订一个月报纸能顶什么用！坚决拒绝了事。

"我这人不看报，所以不订报，不需要的。"我解释道。但效果总是不大。抓耳挠腮思来想去，最后决定这样拒绝："因为不认识汉字，所以不需要报纸。"我对着镜子练习，练到自己信心十足之后，开始实际尝试。这招见效，立竿见影。哪家报纸的劝订员都瞠目结舌，只此一发便统统让他们落荒而逃。

"从你口中说出，还真有说服力。"老婆心悦诚服地夸奖。但不是那么回事，无非是演技的效果罢了。

不过，这招也失灵过一回。对方是劝订《赤旗报》[1]的老婆婆。我照例说"因为不认识汉字，所以不需要报纸"。岂料对方毫不气馁，笑眯眯地说："跟你说，这《赤旗报》还有漫画什么的。就算汉字不认得，漫画总认得吧？"语声甚是和蔼可亲。

当时我深深感到日本共产党实非等闲之辈，不是嘲讽，是真心那么想的。至今每次听到"日本共产党"我都想起那位老婆婆。《赤旗报》虽说没订，但自那以来便不再以不认识汉字为台词拒绝订报了，因为觉得撒那样的谎毕竟不好。

1　日本共产党中央委员会机关报，日报。

　　还有，报纸休报日到底算怎么回事呢？当然，报纸偶然休息一日对我自是毫不碍事，若是想让送报员休息就休息好了。据我所知，以如此理由停出报纸的国家除了日本找不出第二个（顺便说一句，我订的美国报纸一年三百六十五日从不休息。什么缘故呢？）。这倒也无所谓，就算一天不来报纸地球也照转。

　　问题是全国的报纸步调一致地同一天休息不是多少有点奇怪？近日我在车站小卖店心血来潮想买报纸，当时不由怀疑起自己的眼睛——报纸那东西（除了体育类报纸）在那里全然没了踪影！又不是小学生闹流感，何苦非在同一天齐崭崭地歇工不可？星期一《读卖》休息，星期二《每日》休息，星期三《朝日》[1]休息……那样岂不更好？就像"三越"休息的时候可以在"松屋"[2]买东西。那才算是地道的自由竞争和公正的服务。而现在这样子，恐怕只能说是沆瀣一气。

　　难道这是一种热情服务，为的是开导读者"就算一天不来报纸地球也照样转动"？

1　三者均为日本全国性主要报纸名称。
2　二者均为日本主要百货商店名称。

喜力 [1] 啤酒的优点

在日本一进加油站，不知什么缘故，气势甚为雄壮的工作人员齐刷刷站成一排。较之板着面孔一声不响或许好一些，不过说实话，那种大吼大叫的寒暄道谢和深度鞠躬对我来说还真有些受不了。又不是高中棒球比赛，加油什么的安安静静地理性地加进去就行了嘛。

---

1 英文是"Heineken"。

感觉像是「海涅根」似的

听说发音难

第一次进日本加油站的外国人没准会为那突然一声大吼吓得瘫倒在地，颇像《圣诞快乐，劳伦斯先生》中的光景。最近开车时也见到一块广告牌说"用全日本最大声音迎接客人的加油站"，我当然不会特意进那种地方。简直搞不清他们脑袋里想的是什么。用全日本最大声音迎接客人又如何呢？

读者想必知道，在美国，占主流的是自助加油站。独自走进站内，把信用卡往机器里一插，不声不响加完油，再从机器里拔出信用卡一走了之，没有"您好"没有"多谢"。但我相当中意这种自助的无声程序，若有自助式和提供服务式两种，我肯定去自助式那里。当然也有自助式价格便宜的原因。还有一个原因是用英语说"请灌满"（Fill it up, please）相当费劲。经历过的人想必明白，这个发音一开始很难顺利发出。美国人倒是发得十全十美（理所当然）。

我最初居住的新泽西州法律上禁止自助加油站，我只好一次又一次练习这"Fill it up, please"的发音，直到最后也没能脱口而出。大概是我的上颚有什么问题吧。搬到马萨诸塞州后可以利用自助式了——尽管事情不大，但作为我还是多少舒了口气。后来发觉完全可以不说灌满，而可以说加 10 美元（Ten bucks, please）。但那已是离开新泽西州一段时间之后的事了。得，若是早些开动脑筋多好！

说起发音，我曾因为啤酒的"Coors"栽了个大跟斗。一个炎热的夏天午后，我在夏威夷走进一间酒吧要杯"Coors"。不料简直沟通不了。于是我不断变换表情，又加上手势，汗流满面地尝试大凡所有的发音："Cors"、"Cwors"、"Cuars"……然而还是不灵，最后只好要百威（Budweiser）喝了。倒不是对百威的味道有意见，但如此折腾一番终究累人。

说来也真是奇怪，自那以后我在美国的酒吧和餐馆里要了一百来次 Coors，未能沟通的事却是一次也没有过［美乐（Mirror）啤酒倒是有几段我不太愿意提起的可悲的小插曲……］。惟独在夏威夷那间酒吧里面对那个胖胖的"巨无霸"形状的女侍应生之时，我这"Coors"百般不灵。是什么招致那种事态出现的呢？答案只在远去的风中，My friend [1]。

1　意为"我的朋友"。

英语不太拿手而又想进外国酒吧顺利点一杯啤酒的人，根据我长期积累的宝贵经验，我坚决劝你点喜力啤酒。因为既没有 R 又没有 L，比较容易发音。进一步说来，把重音放在第一音节，说成"喜力"是最为理想的，但即使不那么留意也完全讲得通，保准有喜力啤酒端来，大概，差不多，肯定。

不过啤酒也好汽油也好，从美国回来后，不由对日本的价格之高感到震惊。那边啤酒一小瓶不到一美元，汽油即使是高辛烷值（high octane），灌满也不超过二十美元。而在日本，弄不好要花将近一万日元。就算寒暄话喊得震天价响，这样子也全然高兴不起来。自不待言，即使不吭声也还是便宜的好。

但美国形势也很微妙，不知啤酒和汽油的绝对低价能持续多久，因为许多专家指出只有增加酒税和汽油税才能消除美国现在的巨额财政赤字。可是克林顿总统若稍稍提及一句，再次当选就可能化为泡影。无论谁说什么，汽车、啤酒和枪都是大多数美国男人坚守的警戒线。拭目以待吧。

跑步俱乐部通讯（一）

全国各地梅花俱乐部、竹下俱乐部[1]的诸位跑步朋友们：正值寒冷时节，每天仍在坚持跑步吗？我前几天做伸展体操时弄伤了膝部，很遗憾未能参加原定的富士小山短程马拉松。好在眼下恢复得还算顺利。请诸位务必注意身体。

1　作者把业余选手戏分为松竹梅三级，梅级最低。

　　我常和摄影师 M 君（以下简称摄影师）一起参加长跑。毕竟两个人比一个人来得方便快活。两家离得远，平时练习分头进行，但练习跑二三十公里时就招呼一声共同行动。一个人默默跑三个小时，就算是我也有点厌倦……算起来，七年时间里全程马拉松有四回、短程马拉松有四回是和他一起跑的。通常的做法是：赛程前三分之二齐头并进，往下则谁想跑去前面就跑去前面。不可思议的是，迄今为止我还一次没输给他。之所以说"不可思议"，是因为我和他实力相差无几。即使分出输赢，时间上顶多相差二三十秒，再长也不过一分钟多一点点，并且是随时可能反败为胜的。然而不知何故，摄影师偏偏超不过我。有趣的是，我状态好的时候他状态好，我状态不好的时候他也状态不好。但不管怎样，他总是以微小之差步我后尘，无论怎么想都令人费解。

　　这么着，一天我一咬牙问他："喂喂，你不至于像玩招待高尔夫那样故意不超过我吧？就是说，因为我年纪大些？"他讶然回答："哪里。我也想超过你的么，还用说……还为此练习过呢！"如此说来，我也认为摄影师并非能装得那么灵巧之人。再说瞧他练习时那副一本正经的样子，实在很难认为他会故意败下阵去。

　　说起来，此人的练习委实令人吃惊：烈日炎炎之下身负背囊从位于杉并的事务所跑到东京站，又直接跑回府中市的家中，干劲真是非同小可。由于担心身上带着钱的话中途跑累了会乘电车，索性身无分文一跑到底。简直是"八甲田山殊死行军[1]"的盛夏版。我是死活做不来，夏天至多一清早小跑一会儿，往下就去游泳池游泳。所以我经常劝他："摄影师先生，夏天练习最好适可而止，练坏了身体，可就鸡飞蛋打喽！"我这么一说，他倒是回答"啊，是啊，知道了"，但看我的眼神充满猜疑，像是在说"叫我放松警惕，你好趁机偷偷下死功夫，不是么？"于是练习愈发变本加厉。在跑步上面，此人分外多疑固执，容易走火入魔，以致会在什么地方"砰"一声摔倒在地，爬着进医院。医生严命"一个月内不许跑步"。但由于原本体质好，很快像僵尸一样爬起，重复同样的失败。世上有人主张"运动有损身体"之说，看摄影师的表现，觉得言之有理。

1　1901 年，一支日本部队为赶赴指定地点，冒雪强行通过青森县的八甲田山系，途中近二百人死亡。

天天照料这样的人想必够呛，但摄影师的太太为人极好，反正像是以"悉听尊便"的方针料理着全家。依我的感觉，"要抚育孩子，没闲工夫什么都搭理他"那样的气氛他家里也不是没有几分。摄影师的太太过去在一家出版社搞封面设计，给在摄影周刊工作的摄影师花言巧语骗到手了。

"那可是个好人啊，可惜转眼间就被那摄影师弄走了。"出版社内熟悉年轻女子动向的编辑铃木某某有气无力地摇头叹道。语气活像在说村姑被山上下来的大马猴劫走了。至于如何花言巧语我自是知之不详，想象都无从想象。一次我悄悄问他太太："你是怎么跟摄影师结婚的呢？""呃——有一回喝得大醉，住在了他那里，早上醒来，不知不觉就说起了结婚。"听起来跟世外魔境似的。原来府中市竟是那么一个危险地段。

今年赛季原定和他一起跑几个马拉松，不出所料，摄影师由于练习过猛而弄坏了身体，时下没办法真正练习。一塌糊涂，怎么老是……莫名其妙！不料我自己也弄伤了膝部——开头已经写了——笑话不得别人。一月下旬两人即将一起参加一场马拉松，这回摄影师当真能雪多年之耻？上苍保佑……倒不好这么祈祷，无论如何。

♡假话的心脏：安西水丸好像曾经口吐狂言："女儿若提出结婚，我就掀翻饭桌离家不归！"好玩。

裸体做家务的是是非非

　　和日本一样，美国的报纸也有人生咨询专栏，我算是相当热心的读者。这么着，在当地生活的四年半时间里，我自以为对一般美国人所怀有的烦恼了解得相当详尽。诚然，无论东方西方，烦恼到处都有，但美国人和日本人烦恼的内容我以为还是有不小差别的。较之认为"美国也好日本也罢，人的烦恼无不大同小异"，深感"烦恼这玩意儿原来竟如此因国而异"之时要多得多。

不单烦恼的内容，烦恼的回答方式上日本和美国也大相径庭。日本的回答方式，大多是模棱两可的情绪性的东西，或者令人兴味索然，仿佛来自上头的告诫（也可能一般人需要的便是这类东西）。可是人家美国的回答则有不少一语中的，让人拍案叫绝："噢——，竟有如此一手！"那种"暧昧的日本式回答"，只能弄得美国读者一头雾水。他们要求的回答必须有明快的结论。另外一大不同之处就是：日本常有名人或有识之士在本职工作之余应约出面回答；而美国则是由专业性"人生咨询回答者"执笔。也就是说，回答人生咨询的乃百分之百的行家里手，同其连载栏目一样已成为一项技艺，读来甚是引人入胜。从攸关生死的严肃话题，到天真可笑以至莫名其妙的发问，委实五花八门。但回答若稍不对号或答非所问，非难之声便从全国各地雪片般飞来，因此回答者无法掉以轻心。

举个例子。某日，报纸上登载了一名家庭主妇的来信，信上说："自己经常全裸着做家务。一天给一个从后门闯入的男人强暴了，受了很大精神刺激。我该如何是好呢？"

手头没有剪报，具体词句记不准确，但内容大体如此。读的时候，我感到匪夷所思：这主妇何苦全裸着做什么家务呢？回答者也

O please
honey,
（噢，请，亲
爱的）
有这样的英语吗？（水丸）

写道："事件的确令人同情。其实也没必要故意裸体做家务的嘛！很容易不巧给人家一闪瞥见，而那样一来遭遇强暴的危险就很大。无谓的挑逗还是避免为好。"我认为言之有理。

然而事情并没那么简单。数日后，对这一回答的抗议信从美国各地许多主妇那里寄来。大部分信上说她们自己也和她一样全裸着做家务，因为做起来让人有全方位开放的畅快淋漓之感，任何人都不具有贬低或剥夺这一当然权利的权力！不过你想想看，就算再畅快淋漓再全方位开放，世上有那么多乐不可支地全裸着做家务的主妇也未必就是好事——到底算是什么国家呢，那里？

奇怪的是，那以后"全裸家务主妇"就不肯离开我的脑海了。手抓电车吊环发呆的时间里，那赤条条地切白菜或扎围裙的主妇形象时不时倏然浮上脑际。说起来，人是经过怎样的程序才想到全裸做家务的呢？如此左思右想之间，我也不由心想：唔，脱掉衣服赤条条做家务，没准真的很快活。自己也曾认真考虑实际试它一次。但每次真要实行的时候又犹豫不决：假如偷偷赤身裸体切萝卜之时老婆突然回来，那可如何解释才好呢？一五一十如实道出，她就能信以为真不成？……如此瞻前顾后地想着，终究没了全裸的勇气。我倒不是因为担心被谁强暴了。

几年前在希腊一个小岛上生活过一段时间，时常看见全裸的男女。我散步的海边就有人赤裸裸地横躺竖卧，当然是浑身光溜溜一丝不挂。起初心里"咯噔咯噔"跳个不停，不久就习以为常了。目睹女人的裸体其实并没怎么感到性的刺激，倒是后来瞧见的超短裙女郎更觉性感，也真是奇妙。所以，我个人以为，倘有主妇想要裸体做家务，那就悉听尊便好了。大家以为如何？只是，若日本也有"我也经常全裸着做家务"的主妇，务请向村上——国际性地、执著地、认真地探讨"全裸家务主妇问题"的村上通报一声。半裸的也行。

作为爱好的翻译

　　近来有人问我爱好是什么的时候，我总是回答："这个么，怕是翻译吧……"若是相亲时来这么一句，对方没准会心里发怵，弄得不欢而散。"男方说什么翻译是他的爱好，到底有些……""唔——倒也情有可原。是吗，爱好是翻译……"——我总觉得哪里有这样的对话。作为爱好，我自是认为比每星期日有事没事都开着日产天际线 GTR 去箱根，在翻越山口的道路上一个劲儿追超老实规矩的马自达 Familia 地道得多。也罢，不谈这个了。

不过准确说来，翻译不能算是我的爱好。因为以前我已出了好多本译作（几乎全是美国当代小说），翻译已成为我职业的一部分。因为本来是作为绝对的生手起步的，现在回头翻看，有很多很多地方吓出一身冷汗，难以理直气壮得起来，不过，在社会上终究已经是个半瓶子醋的翻译家了。尽管如此，自己心中还是觉得只能说"翻译是爱好"。毕竟我是一有时间就不由自主地扑在桌面上"心血来潮"地搞翻译，不是为了养家糊口，不是因为有谁相求，不是由于涌起"非我莫属"的使命感，更不是出于学习目的——就结果而言的确是极好的学习，但那终究是结果——明确说来，我是因为喜欢翻译这一行为本身才不厌其烦孜孜矻矻搞翻译的。这不叫爱好又该叫什么呢……

时常有人问我"搞那么多翻译，怕是要雇人译第一稿吧"，但我从未雇人译第一稿，我认识的人里边也没有人雇。当然这种事若结果好就一切都好，不是说雇人好不好的问题。只是我个人认为若雇人译第一稿，那么翻译这个活计的最好吃的部分就错过了。翻译中最让人心情激动的，无论怎么说都是从头把横写的改成竖写的那一瞬间[1]。脑袋里的语言系统一下接一下地收缩肌肉的感觉委实妙不可言，而所译文章的鲜活节奏便从这最初的收缩中产生出来。这样的快感恐怕只有实际品尝过的人才明白。

我的文章写法的很大部分在结果上都是从如此劳作中学得的。通过将外国优秀作家的文章一行一行由横写变成竖写，我得以从根部破解了文章的秘密（mystery）。翻译是需要大量投入时间的"慢活"，惟其如此，才能够彻底领会细部的精妙，而这正是翻译的最大好处。我想，从骨子里喜欢翻译的人中间大概不会有太糟糕的人，心眼或许转得不快，但决不至于干出极其恶劣卑鄙的勾当。因此，即使相亲时对方说出"我的爱好是翻译"，也请不要仅仅因为这句话就顿生厌恶之情，虽然心情倒不是不能理解。

最初搞翻译时，自己心中的一隅存在着一种意识或者说自负：小说家特意搞翻译，搞出来的比之普通译者必须别有风味才是！但经过一段时间实践、经过一再抓耳挠腮之后，明白过来那种念头是

1　日文至今大部分竖写。

错误的。自己的风味须尽可能不外露，而要最大限度不左不右不温不火地贴近原来文本——若作为结果在尽头处水到渠成地有"一味"出来，那自然奈何不得并且无可非议。但如果一开始就打算鼓捣出自家风味，那么作为译者恐怕也还是二流角色。翻译的真正乐趣，一言以蔽之，在于如何将每一字每一句译得忠实于原文，一如高档音响装置彻底追求自然音色。以音箱打比方，听起来让人觉得"真是好音色啊"的是二级品，而让人首先觉得"真是好音乐啊"的就是真正的一级品了。我翻译得越多，对此就感受越深。但遗憾的是——或者说不用说的是——我还远远没达到那个境地，无非"明白倒是明白"那个程度。同样说是爱好，但深究起来也有无穷的奥妙。

对了，今年连续出了几本有趣的译作：比尔·克劳《从鸟园到百老汇》、菲茨杰拉德《重返巴比伦》和米卡尔·吉尔莫的《杀手悲歌》。有兴趣请读一下，真的非常有趣，不是开玩笑。

公司再好不过？

走出校门二十多年了，从不曾隶属于哪家公司哪个组织，自始至终"单枪匹马"地活着，因此觉得自己好像全然理解不了公司是怎样一个地方。每天每日跑去公司聚在一起从九点到五点到底搞什么名堂呢？屡屡为之觉得不可思议。从整个社会角度看，也许屡屡觉得不可思议的我才不可思议。

　　另一方面，安西画伯曾作为职员在电通公司[1]和平凡社[2]干了相当长一段时间。于是一次我问道："水丸，公司到底是怎样一个地方呢？"他告诉我："这么跟你说吧，村上君，世上再没有比公司更快活的地方了。不正经卖力气也能稳稳拿到工资，上午到公司即有宴会虚席以待，美女如云随便恋爱，婚外情人手到擒来……嘀嘀嘀。"一副回忆回忆都绽出酒窝的样子。听他说来，简直就是龙宫里的浦岛太郎[3]。话虽这么说，可我无论如何都不认为电通公司和平凡社的全体员工都在欢度美满幸运的人生。说到底，恐怕因为他是安西水丸，才有了这种可能。"不过么，我向上司提交辞呈的时候一点儿也没被挽留，当即受理，五分钟就辞职了事。本以为会多少挽留几句呢。"画伯不服气似的抱臂说道。我觉得事情理所当然，这样随随便便的职员哪个肯挽留呢！

　　尽管如此，细细观察水丸言行举止，偶尔还是感觉得出此人确

1　日本的大型广告公司。

2　日本的出版社。

3　日本著名民间故事。一个名叫浦岛太郎的男子钓鱼时钓上一只海龟，海龟变成美女带浦岛太郎去龙宫，与他结为夫妇。

乎与我不同，基本上能够理解在公司工作之人的心情和想法。应该还是资历的缘故吧？

相比之下，我这方面由于从未在公司上过班，就很难理解"公司逻辑"，时不时陷入困惑和深思之中。想来，此前我遭遇的种种麻烦事的大部分都应归因于此类概念的缺如。我领会不好对方的思路，对方也领会不好我的思路。

例如同编辑打交道的时候，我是作为个人的作家，对方是出版

社的职员，但这样的关系同时又是人与人的关系。几乎所有的时候我都基本不把对方视为××出版社的职员，而首先将其作为一个有七情六欲的人来对待。既然一起共事一回，那么很想听一下其个人的、有鼻子有眼睛的意见。我认为这才是作家与编辑的正常关系。倘若有出版社方面的见解，就希望对方一一挑明出版社的见解如何如何，而我的意见如何如何，否则就无法对对方怀有个人信赖感。

　　问题是，即便我追问："这是您的意见还是社里的意见？"其中也有人不能作出明确回答。"哎呀，这个么……"如此搪塞过去。或者给予完全不着边际的回答。对此，我一直以为那是他们习惯性思考线路的问题，因为没有专门受过区分"那是社里的意见这是我的意见"的训练，所以即使有人提出要求，他们一下子也很难区分开来。

　　不过这种人遭遇过几次之后，我的想法就变了："或许说不定不是那样的。"或许，这些人并非不具有自己的明确意见，只不过是想极力回避由于在别人面前——此时即在我的面前——阐明自己意见和社里意见的差异而在结果上产生的个人责任罢了。譬如他有可能仅仅是为了排除被上司责问的危险——"听说你在村上那里说公司的意见和自己的意见不一样，那是怎么回事？"这样一想，过去发生的诸多啰嗦事似乎就迎刃而解了。

　　不过，不管事由和情况怎样，和不能清楚表明自己个人意见的人共事也绝非易事。我终究是不太想同那样的对手打交道，因为写小说——虽然可能不是什么了不起的作品——在某种意义上是极其个人化、极其直率的活计。但是，莫非这又只是不大了解公司的我的一厢情愿的"个人逻辑"？错的可能是我？

　　这个就不说了。为了日后学到点有用的东西起见，我也很想像水丸那样体验一次——一生中一次即可——丰富多彩的公司生活。呃，是吗，平凡社那地方原来是那么有趣……

空中飘游俱乐部通讯（二）

前不久我写了"时常梦见自己在空中飘游"，结果周围出现了几个反应。

第一个来自《朝日周刊》专栏的责任编辑五十岚君，他也好像一向做空中飘游的梦。我心想：喂喂喂，在朝日新闻社工作的人随便做空中飘游梦是不是合适啊？不过也罢，职业无贵贱之分。反正新潟县出生的五十岚君和我同样时常梦见空中飘游。

不过五十岚君梦见的空中飘游，高度似乎总在两米左右，并且是在距房间天花板不远的地方飘飘忽忽。我则相反——上次也写过了——距地面高度基本不超过五十厘米。为什么责任编辑（其实也就是个小伙计）五十岚（以下直呼其名）飘起两米呢？叫人气不打一处来。这岂非有失公允？

这且不说，五十岚还告诉我他的空中飘游梦模式也稳定得不可思议。具体说吧，我只能上到五十厘米左右的高度而五十岚绝对不低于两米。这点实在离奇。一般来说，梦这东西每次都变幻莫测，模式各所不一，然而惟独空中飘游梦甚至每一细节都一模一样。

"太有现实感了。睁眼醒来，就连飘游时脚心的感触都回想得起来。"五十岚说。那种感觉我也清楚得很。所以，即使头脑清醒——不不，是梦醒——的彼时彼刻，似乎只要稍一努力就能轻轻飘起。当然实际上做不到。若能做到，那……可不得了啦。

最近见到梦学权威河合隼雄先生，顺便提起空中飘游："其实梦中我次次只能浮起五十厘米左右。"先生听了轻描淡写地说道："噢，空中飘游这玩意儿嘛，总之就是编故事，所以只能飘起一点点。一点点就够了。梦中霍地一蹿老高，那是小孩子的勾当。大人不会

做那样的梦。"听得我十分欢喜。是吗，原来五十岚不过是个小儿，尽管是朝日新闻社的职员。

　　另一个梦见空中飘游的人物是文艺刊物的编辑铃木某某。铃木（一开始就直呼其名算了）说他非常害怕梦见空中飘游。为什么害怕呢？因为准确说来此人梦见的不是"飘游"而是"跳高"，即从地面上霍地一下跳得好高好高。升高之后，再忽悠悠落下。高度也越跳越高。始而二十厘米，继而四十厘米，再而一米、两米……如此变本加厉。他本想把这等比级数式跳跃的高度锁在哪里不动，然而不知不觉之间已无法以自身力量制止了，就好像在箱根下山时车闸短路失灵的汽车。结果跳的高度节节攀升，恐怖层层加码。他向周围人求救："啊——救救我啊！"然而谁也不肯搭救。铃木本人吓得呆若木鸡，众人却不理不睬，以为铃木乐意在空中飞翔（莫非表情出了毛病）。梦的模式次次毫厘不爽。说起来都是梦中飘游，可内容却大有区别。

"哎呀，再没那么可怕的了，总是一身冷汗醒来。"铃木擦着汗说。估计挺可怕的，可怜之至。可怜固然可怜，但既然身为文艺刊物编辑，这个程度的辛苦还得咬牙挺住才是。梦再可怕，眼睛一睁也就了事。说到底那毕竟是别人的梦，每次想象铃木目瞪口呆如火箭一般"忽"地蹿上高空都觉得十分好玩，忍俊不禁（抱歉）。令人忍俊不禁的练马区出生的铃木。

♡假话的心脏：惠比须一家宾馆早餐端来的"乌饭树浆果饼"和"苹果饼"真是够味儿，常常不知选哪个好。

田纳西·威廉斯[1]何以被人看扁

　　在大学我念的是"电影戏剧专业"。我对电影制作、更准确说来对电影剧本写作感兴趣。当时大学的文学院里有电影专业的，只有早稻田大学、明治大学和日本大学艺术学院，遂以"只要和电影有关什么都成"那样的感觉进了早稻田。作为学习剧本写作的设施，

1　美国剧作家（1911—1983）。著有剧本《玻璃动物园》、《欲望号街车》等。

早稻田大学固然没起多大作用，但因此转向如今成了小说家，从结果上说也不能太发牢骚。

在学校我最先选的课是用英语读田纳西·威廉斯的剧本。因为过去看过几个田纳西·威廉斯的剧本，而且作为我相当中意，如《欲望号街车》和《琴神下凡》等等。但是任课老师多少有些怪异，讲课的时候从头到尾尽说田纳西·威廉斯的坏话，什么"喏，这个地方足可看出他的浅薄"，什么"怎么样，诸位，主人公的名字取得十分低级趣味吧"，如此不一而足。刚开始的时候，震动之余还有些半信半疑。但一学期听下来，渐渐觉得田纳西·威廉斯这个人的确是个浅薄的、低级趣味的作家。那也难怪，一个二十刚出头、几乎一无所知的学生持续一学期听博学多识的大学老师翻来覆去强调"这家伙是傻瓜是渣滓是八爪鱼"，思想难免在某种程度上被他拉拢过去，至少我是这样。

至于那位老师何以挑选他如此深恶痛绝的田纳西·威廉斯的作品当教材，我自是无从知晓。也许是想趁机在众人面前把对方批得体无完肤，或者自己本来不愿意上课而硬被上头强加于己（"喂，这学期你教田纳西·威廉斯"）也未可知。无论原因如何，对我也好、

大概对老师本人也好都是不幸的事，毕竟老师也要在好几个月时间里阅读并且讲述自己不喜欢的作品。

当然，到了这个年纪回头看去，心里不难明白：那只是老师的个人意见，不同看法世上也是有的。对于艺术作品的评价并非仅有一种。再说大学老师里边也多少有几个（有不少、有很多）怪人。可是年轻时候脑袋无法冷静到那个地步。对于把田纳西·威廉斯骂得狗血淋头的逻辑——如今想来也批判得相当精彩——甚至怀有钦佩之情。我所喜欢的作家因此得以减少一个。多谢多谢！

我并不是说谴责什么抨击什么本身不对。任何文本都应该而且必须面对所有批评。我想说的只是：某种方向消极的启蒙有时候会无可挽回地损毁很多事物甚至自己本身。那里边应该备有宽厚的、温情的、积极的、类似"代价"的什么才是。必须深深铭记这样一个事实——那种无法证实的持续性消极言行一如速效注射，一旦开始推进恐怕就再也不能退回。

当然，对作家、作品我也有喜欢的和不喜欢的，对人也有好恶。但每当我想起在久远的过去听的那门关于田纳西·威廉斯的课，我就打定主意还是不要光写别人的坏话。相比之下，还是要写些好事、有趣的事，还是要尽量发现同样认为是好事、有趣的事并为之欣喜的人。从经验上我的确这么想。这是早稻田大学文学院给予我的为数不多的活的教训之一。

不过，在今天这个讲究速效性的社会上，以这种慢悠悠的步调生活起来，我时不时感到自己有些发傻。与此相比，高声痛骂某个人看上去要潇洒得多。例如批评家就比作家显得聪明。但是，纵然一个个作者有时显得愚昧（即便实际上也是愚昧的），我还是不能一口斥之为"那家伙是垃圾、这小子是狗屎"，因为我深知从零开始鼓捣什么是何等费时费事的活计，虽然好坏另当别论。这是作为作者的我的生存方式问题，在某种意义上乃是尊严问题。

假如可以通过巧妙地说别人坏话来巧妙地写出自己的小说，那么我想我也能够连续四十八小时将大凡所有的坏话一吐为快。我也并非完全没有那样的才能，但毕竟不能那样，所以我要尽可能动手不动口。

全裸主妇俱乐部通讯（二）

诸位，你们好——我是差点儿这么叫出声来的村上。哎呀，我还真不知道日本全国上下有这么多主妇全裸做家务，好一个不谙世事的傻瓜。

让我先把原委整理一下：前不久在这个专栏里写过"美国好像有相当不少全裸着做家务的主妇，厉害啊厉害"，结果信件如潮水般朝编辑部涌来："开哪家子玩笑，我也一直赤条条做家务的嘛！"

一封封看去，全部工工整整地写有寄信人住址姓名，看来绝不是开玩笑。另外，同在这家周刊专栏里写连载的少妇石桥真理子也在刊物上提供了全裸主妇的宝贵信息。在此一并谢了。信里甚至有大约是嘲笑我的："男作家真的对世事一无所知啊，可亲可爱！"对不起，是一无所知，但请指教——瞧我，又差点儿怪叫出声，没出息的不懂事的村上！不过，编辑部负责整理来信的小伙计五十岚告诉我，他那里的一个助理编辑（主妇）也同样惊叹："原来世上竟有这么多全裸做家务的主妇！"看来不谙世事的非我一人。如此深入思考起来，世间何为正确何为不正确便渐渐没了分界。

下面介绍几封信的内容。

杉并区 K 女士虽是刚结婚两个月的新娘，却已开始赤身裸体做家务，做打字工作（写作）时也一丝不挂。是吗……全裸……打字也？清扫、洗衣服等等全裸着做起来也觉得身体轻松心情愉快，做饭则由于油点飞溅而扎上围裙。只是担心脚弄脏了木地板，袜子基本还是穿的。啧啧！不过，整天赤身裸体的事还没有向丈夫如实交待，因为一来不愿意被丈夫看成怪人，二来担心丈夫不再给买衣服。

宫城县 C 女士结婚两年，是二十八岁的主妇。裸体倒不是出于

"好了，往下该脱衣服干家务了"那样的雄心壮志，只是因为淋浴之后嫌穿衣服麻烦，索性赤条条什么也不穿，一来二去成了习惯。啧啧！对于本人恰如水到渠成一般自然，因而认为"村上君那么苦恼不堪甚是奇怪"。可是聊天当中顺便向邻居太太提起全裸着做家务一事时，对方惊得瘫倒在地。最后写道："丈夫在家时绝对不敢，为什么呢……"为什么呢？老婆在家时我也不敢。

　　川崎市 T 女士是六十三岁的主妇，由于开店的关系不可能一整天都裸，只是早晨干家务时赤身裸体。如果不冷，就从打扫卫生间干到拖地板、晾抹布。丈夫心知肚明，女儿也曾当场目睹，却都没说什么。嗬！胖，又有剖腹手术遗痕，自知人家看了不会赏心悦目，但心情的舒畅是任何东西都替代不了的。"一旦开始就欲罢不能"，从未因此得过感冒。可喜可贺，往后务请进行到底。只是，没准有人对剖腹手术情有独钟，小心别遭强暴。是么，手术都做两回了？唔。

　　此外还有为消除精神压力而全裸着做家务的。这位是匿名，因工作关系平时度日如年。每月利用丈夫出差一次的机会关门闭户赤裸裸做家务或做其他什么来让自己重新焕发精神，而想到邻居二楼没准有人偷看时，每觉麻酥酥的快感掠过全身。不过么，这怕有点危险吧？倒是个人自由，危险也罢不危险也罢。

日本广播里的"玉置宏笑脸问您好"节目数年前也曾提及裸体做家务问题，人们得以知道世上悄然存在着一些全裸家庭主妇。这个情况是新宿区荒井君告诉我的，非常感谢。不过这很有些像秘密基督徒[1]。或许我已在不知不觉之间一只脚踏入可怖世界。

不料，门铃"丁东"一声——有特快专递送上门来了。这可是全国全裸家庭主妇的共同敌人，穿衣服都来不及。

---

1 指日本江户幕府取缔基督教时期秘密信奉基督教的信徒。

村上新闻社与酒厂参观

"村上朝日堂周刊"栏目开始连载时[1]就和新潟县村上市结成了姐妹城市——这纯属弥天大谎。不过,村上市旁边的确有个大村落叫"朝日村",而数量超过三万的村上市民中也好像有人对这个连载专栏怀有一见如故的亲近感。可喜可贺!不是"读卖村"不是"文

1　此随笔集原来连载于《朝日周刊》的"村上朝日堂周刊"专栏。

春村"[1]——责任编辑五十岚也长长舒了口气。

我和水丸日前在这村上市住了一晚。此次旅行有两个目的，一个是访问"村上新闻社"，另一个是参观名叫"缔张鹤"的造酒厂。实不相瞒，八九年前的夏天，我曾和水丸去远处工作回来途中兴之所至到过村上市，在街上散步时看见一块"村上新闻社"招牌，在新闻社前拍了张纪念照。因为对于"村上新闻"这一名称倍感亲切，自那以来我就一直想访问这村上新闻社。

再说水丸。水丸被这村上市生产的"缔张鹤"牌清酒迷得神魂颠倒，以致近来发展到没有"缔张鹤"便维持不了正常生活的可怜地步。这么说未免有些夸张，但为了搞到这种在东京几乎无法搞到的清酒而东奔西窜却近乎事实（若把时间花在多少有益些的事情上该有多好）。

如此这般，两人就商议是否再去一次村上市。小伙计五十岚在旁边听了，提议"那么就以采访的名义一块儿去村上旅游好了，附近又有温泉"。原以为这小子倒也乖觉，不料他老家就在紧挨村上

---

1 日本另有《读卖周刊》和《文春周刊》。

市的新发田市。电气列车通过新发田市时，他一副恋恋不舍的样子，脸紧贴在窗玻璃上，叫道："那是我姐姐家！（那里是大阪。）"

"村上新闻社"创业已有十四年，报社极小，包括日下社长在内共有记者三人、女事务员两人。办公室也窄，和西部片中时常出现的"小镇报社"（如果你能想象的话）差不许多。记者总是外出采访，访问那天社里只有社长和一个女事务员。

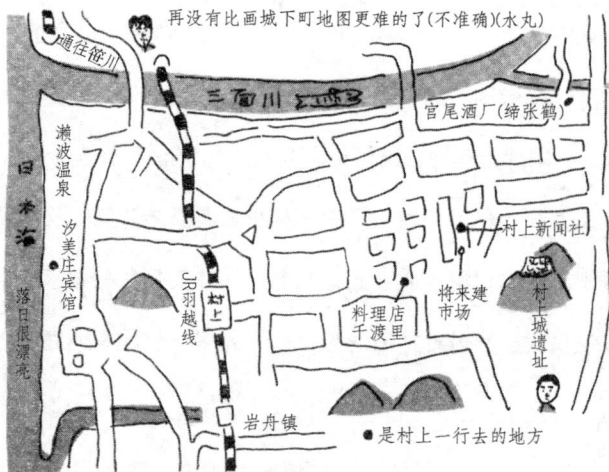

再没有比画城下町地图更难的了(不准确)(水丸)

通往笹川

三面川

宫尾酒厂(缔张鹤)

濑波温泉

汐美庄宾馆

村上新闻社

日本海

落日很漂亮

JR羽越线

村上

料理店千渡里

将来建市场

村上城遗址

岩舟镇

● 是村上一行去的地方

据对方介绍，日下先生从年轻时一直做管理工作，自己经营一家报社是他的夙愿。四十八岁那年他下决心投了一笔自己的钱，又在朋友中找人入股，办起了朝思暮想的报社。了不起啊！简直就像发掘特洛伊遗址的谢里曼[1]。由于城里人口少，起初几年连年赤字，近来终于作为"本城新闻"走上正轨。问题莫如说在于因城小而似乎不能把新闻写得过于周详。例如，倘若写某某带着酒气开车造成交通事故或某某在小超市顺手牵羊被逮，那么对方的亲戚势必怒吼"那个王八蛋居然——照写不误"而有可能再不订报，没准连广告都一撤了之。的确言之有理。"所以嘛，想写的报道死活写不成！"社长抱臂惋惜地说道。但愿继续努力，写出妙趣横生的报道。

生产"缔张鹤"的宫尾是宫尾酒厂第十代厂长，满面笑容，和蔼可亲，一副绅士模样，当然绝不会在小超市顺手牵羊（我以为）。我们在此大致参观了酿酒工序——从早上蒸新米开始——参观完品酒。从刚出桶的新酒到放了五年的老酒（非卖品）品尝了一大排。的确好喝。我虽然对日本酒的味道所知无多，但还是彻底明白了由

1　德国考古学家（1822—1890）。特洛伊遗址和迈锡尼遗址的发掘者。

于制作方式的一点点不同所导致的酒味的微妙差别（一如葡萄酒）。总的说来"缔张鹤"口感清爽，带有高雅的辛辣，能生发菜肴的香味。以文章打比方，即"笔调纯正"之酒。较之咕嘟嘟一饮而尽，更适合就着美味佳肴一小口一小口细细品尝。这么说或许不礼貌——不是"饿鬼"喝的酒。

画伯说喝了这个再喝其他的可就难受了。遗憾的是"缔张鹤"的产量好歹只够新潟县内的消费量，基本不往县外销售。尤其是最高档的"大吟酿"订单排得满满的，市场上几乎见不到。酒囊水丸乐颠颠如获至宝地怀抱"缔张鹤大吟酿"返回东京，美上天了！

长寿猫的秘密

我喜欢猫，有生以来养了很多很多猫，但活过二十年的猫仅有一只。这只猫到今年二月终于二十一岁了，正在刷新纪录。不过现在没在我手头饲养，大约九年前离开日本的时候由于短时间内养不成猫，遂寄养在当时任讲谈社[1]出版部长的德岛君家里。或者不如说

---

1 日本最大的出版社。

差不多是硬放到他家里的——"我给了你一部新长篇，所以猫就拜托了！"

因为当时为"换猫"而写的长篇《挪威的森林》在结果上成了我最畅销的书，所以不妨称之为"福猫"。德岛君如今官做大了，当上了常务理事，每星期从他位于松户的寓所乘坐要员专用喷气式直升飞机去音羽的讲谈社上三天班——这个纯属胡扯。听说现在也每天早上换乘满员电车上班。加油干！

此猫的名字叫"缪斯"，是老婆在距今二十一年前沉迷于渡边雅子[1]《玻璃之城》那本少女漫画时从主人公身上讨来的名字。我再三抵制说"我讨厌那么花里胡哨的名字"，但寡不敌众（其实也就一对一），最终"缪斯"固定下来了。猫是出生半年的暹罗猫，同《玻璃之城》里的缪斯小姐一样俏丽可人，不过嘛……即使在过去了二十一年的现在，我仍然不满。且不说这个了，那《玻璃之城》倒是蛮有意思，《迎风展翅》也蛮好的。

闲话休提。

1　日本当代女漫画家。东京人，《玻璃之城》为其重要作品，获第16届小学馆漫画奖。

春树·缪斯
重逢图

这就是以前想挠我的缪斯？

多亏交给你养

春树

猫食

水丸

近来不怎么外出了

德岛

在德岛家

为了时不时见到这"缪斯"，我得跑到德岛家去。猫二十一岁，以人来说已一百多岁，身体到底衰老了，体重也减轻了许多，也就是以前的一半吧，好像。腰腿也不如过去那么结实，如今几乎不到院子里去。可是毛色光鲜得出奇，眼睛牙齿毫无问题，食欲也相当不错。带去羊羹[1]给它，它就飞一般蹿上来大口小口一扫而光。不过吃甜食是来德岛家以后的事。过去不吃这东西，最喜欢的是烤海苔。

我开始养猫是住在国分寺的时候，当时开一家小店，我才二十五六，开店之余，时常看书——看的比现在多得多。记得一个人看书的时候，猫老来打扰。缪斯是只蛮怪的猫，最中意和我一起外出散步。每次和我散步，就像小狗似的一颠一颠跟在后头。

一次领去国立[2]那里的一桥大学运动场，一起沿四百米跑道跑了起来。跑过二百米还在后面跟着，再往下就跑不动了，停在那里拉屎抗议。此猫自尊心强得很，且脾气暴躁，动不动拉屎找麻烦（一大毛病）。所以，一桥大学运动场正中央二十年前孤零零落下的猫

---

1 一种日本糕点，用豆沙、琼脂熬制而成，甜味，带黏性。

2 东京的地名。

屎乃是此猫的遗物，抱歉。

后来我搬到千驮谷，在那里写小说。至今清楚记得闭店之后半夜把猫放在膝头，一小口一小口啜着啤酒写第一本小说的情景。猫看样子不乐意我写小说，常把桌面上的稿纸抓得一塌糊涂。假如那时候不写小说、我没当什么小说家，也不至于跑去外国生活八年之久，想必还在日本一边开店一边同缪斯怡然自得地生活。现在是不好作那样的假定了，不过感觉上我恐怕会以现在这样的步调得过且过地混日子。周围的许多事物另当别论，我自己应该不会有多大变化，应该怀抱年老的猫打发时光。

二月这个午后实在平和得很，心里怪怪的，总有点像同往日分手的女子不期而遇。猫当然不懂这点。猫一忽儿就会忘掉养主的长相，这也正是猫的长处。

♡假话的心脏：那支日本乐队"les5-4-3-2-1"的CD《Pre-Pre宣言》别开生面，令人非常入迷。

印加的无底井

　　"很难给猫取名字"，这是 T.S. 艾略特[1] 的名言。其实难取名

字的也不限于猫。例如给情人旅馆取名字认真想想就颇不容易。什

么原因呢？因为此类设施从形成过程来说，其命名的目的性、必然

性、可能性就极其稀薄。

_____

1　英国诗人、评论家（1888—1965）。

就是说，情人旅馆这东西无论位于何处也无论形状如何，总之进去后差不多一个样。对这个行业我知之不详，不敢明确断言，但是世上应该不会有什么人进情人旅馆是为了受用鳗鱼套餐、开吟诗会或修改短篇小说什么的。因而情人旅馆的名字往往取得马马虎虎（不知何故，取得马马虎虎很适合用关西方言说）——"算了算了，随便取一个得了。反正不是得有个名字吗？"说实话，我一向对情人旅馆名字的这种"马马虎虎性"耿耿于怀。

过去湘南有家情人旅馆的名字相当荒唐，叫什么"提拉米苏"。此外湘南平塚大矶附近海岸还有一家名叫"ツー・ウェイ"的旅馆。这个名称一直让我琢磨不透。每次路过我都思忖大概是 two-way 之意。顺便说一句，提起 two-way 我只能想起音箱来。脑海里闪出高中时代因钱不够而没买到手的 Goodman 301，眼角不由一阵发热——事情虽不至于严重到这个程度，但用英日词典查阅 two-way 一词，意思反正是"可用于两个方面"、"相互作用"，以及"反过来也能用"之类。唔，原来如此！到底是情人旅馆，不难从另一角度来

情人旅馆吟诗会图
怕是这个感觉吧(水丸)

理解"相互作用"和"反过来也能用"。至于旅馆经营者出于何目的如此取名,我当然无从知晓。

对了,前几天看英语书时,遇上这样一句:"They ended up having a three-way."意思是说"结果他们来了一次三人性交"(这种情况下是一女两男)。所以,two-way 这一说法世间未必就没有。也有可能"ツー・ウェイ"这个名称表明了经营者毅然决然的态度:三个人干不行,要两个人来,那样才放你们进去!我觉得这未尝不是一种见识。

还有，东名高速公路横滨出口那里有一家名叫"创造房间SEEDS [1]"。我常跑东名高速，这东西很早就让我觉得有一种黏糊糊的被炉纳豆 [2] 味道。从字面上解释，或许是叫人进那里的房间播"种"，从零开始创造什么。不过一般说来去那类场所的男女恐怕都不欢迎如此事态的出现，至少我是这样理解的。

这种事情虽然没必要一个个去留意，但我毕竟日常做的是耍弄词语的买卖，在这些小地方也会"猛吃一惊"。决不是给别人的买卖挑刺，所以请当事者不要当真，不要发火。这只是有闲小说家的无罪的自言自语。嘟囔几声。

不过，一路上——审视汽车游客旅馆和情人旅馆的名字，或说三道四或心悦诚服之间，兴之所至地在日本国内游转或许是一桩美事。等我再上些年纪，一定和妻子两人驾驶阿尔法·罗密欧星形轮汽车慢慢享受这样的旅游。比如我说"噢，那里有一家名叫'友情

1　意为"种子"。

2　一种发酵大豆，类似我国的豆豉。

说服'的情人旅馆"，妻子也冷冷接上一句"我可没那闲工夫陪你，你自己来好了"……

还有一次——倒不是此类旅馆——几年前在京都街头东游西逛时，发现一座高级公寓名字叫"Human's Well[1]"。坦率说来，敝人才疏学浅，全然不解"Human's Well"是何含义，当时眼前突然浮现出来的是据说过去每月把处女作为贡品投进去的印加的无底井。说实话真有点害怕。即使是一个名称，因为可看出京都的历史底蕴，嗬嗬。

♡假话的心脏：近来去千叶县兜风，看见一家汽车游客旅馆叫做"GOOD LUCK[2]"，如此说来……

1　意为"人类的井"。
2　意为"祝你成功"。

条件反射的可怕

好些天前的事了。当时东京雪下得相当大，大街小巷一片少见的银白世界。平日跑步的路线积雪不能跑了，便想去游泳，一早开车离开家门。却不知何故，这天我竟连续三次误入右侧行车线[1]。所幸路面空荡荡的，每次都心里"咯噔"一下子，赶紧返回左侧，得

1　日本的交通规则是行车靠左。

以化险为夷，但冷汗出了不少。

我长期远离日本生活，那期间一直（除了短期旅居英国和牙买加）行车靠右，脑袋对此已彻底习惯了。返回日本是去年夏天，那时我很紧张。每次握方向盘都一个劲儿出声提醒自己"向左、向左"，在十字路口拐弯时乖乖竖起手指指点，因此几乎没出过差错。如此过了一个多月，身体完全适应了行车靠左，再不用一一出声提醒自己"向左、向左"，不出声也会顺利驶入路面左侧。自己不由感叹：人的同化适应能力真是不得了！

不料大约过了半年后的某一天，本应早已埋葬的行车靠右习惯突如其来地支配了我的意识，一如新月之夜死者长拖拖地爬出坟墓。为什么会发生这种事呢？我全然摸不着头脑。但一边游泳一边左思右想的时间里（游泳时我常想问题），我恍然大悟：是的，是下雪的关系！我"啪"地拍了下大腿（这当然是俏皮说法，在水中拍不成大腿）。

就是说，因为我在经常积雪的波士顿度过了几个冬天，所以目睹路两侧积雪的景象时，在波士顿行车的感觉便活生生地复苏过来，致使我不假思索地把车开进右侧行车线——由景象记忆造成的条件

反射性下意识行为。原来如此。颇有点像希区柯克的《白色恐怖》。

不过我想，假如这天我误入相反一侧的行车线时不幸发生交通事故"咯嘣"死了，大家肯定无法理解真正的死因。

想必大家认为：回到日本已有些时日，应该早已习惯左侧通行了。为什么突然犯这个错误呢？任何人都不至于想到是东京街头下了一场罕见的白雪之故，就连我本身也是花了很长时间才觉察到这一点的。我深切地感到，世上委实充满着种种无可预测的谜和危险的可能性，平平安安无风无浪地活着绝非易事。

在美国居住的时候，一段时间里我开的是三菱帕杰罗（美国称蒙泰罗）。好容易开一回派头十足的四轮驱动车，所以每次下雪，我一有时间就把车开上广阔的空地，一个人在雪路上练习。以前去长野参加越野滑雪时在雪道上开车很有点心惊胆战，遂想趁此良机闯过这道难关。

我在冰封雪冻的路面或急刹车或急转弯，尝试了所有粗暴动作，结果遭遇了差不多所有的险情：或横滑一百八十度，或前滑很长一段路。幸好是在周末既无人影又无车影的空旷的郊外商业住宅小区的路上，没有实质性的危险，顶多从柏油路面飞往荒野或车体轻轻撞在木栅栏上。在日本无论如何也不敢这么放肆。

作为结论我认定的一点是：若想在雪路上安全行驶，只能横下一条心全速前进。至于各种操作之中到哪里为止安全从何处开始危险，其要领只有自己去体会。所以，如今冒雪开车我也不怎么害怕。已经知晓危险来自何方，也就没什么好怕的了。作为实感，我已大体把握了紧急关头 ABS[1] 会起怎样的作用以及要打滑时如何转动方向盘。我绝不是车技高超之人，但整体上对这方面的事情研究得相当热心。闲人——这个因素起了很大作用。

---

1 anti lock brake system 之略，汽车轮防锁系统。

跑步俱乐部通讯（二）

　　全国梅花级竹下级长跑选手们：每天都坚持跑步吧？前段时间我去千叶参加了馆山若潮马拉松。参加全程马拉松今年是第十三个年头，就是说已经跑了十三次全程，难免有点儿担心体力不支。好在平安无事跑了下来，心里一块石头落了地。

　　参加此次马拉松的有"梅花竹下跑步俱乐部"会长（会员编号001），还有如我村上和副会长摄影师（会员编号002）两人。我去年十二月初弄伤了膝部，没办法全力以赴。摄影师因而暗下了"摆脱连败阴影此其时也"的决心，岂料跑到二十五公里处惨遭双腿抽筋之飞来横祸，于是我得以刷新连胜纪录。只是出问题的右膝途中开始作痛，下坡时踉踉跄跄，让我心里一阵发凉，生怕跑不到最后。好在总算在三小时三十分这个"允许范围"内到达终点。谢天谢地！

这馆山路线一来虽值寒冬却气候温和，二来沿途风景漂亮，是我中意的马拉松路线之一。沿平坦的海滨跑一阵子，进入上下多坡的山中，最后又返回海滨路。路边菜花美不胜收。我一般前一天晚间住进千仓的"千仓馆"（主人铃木君是水丸的熟人），慢悠悠乐悠悠泡一通温泉，第二天早上乘兴出战。赛事规模没有河口湖和青梅[1]那么大，刚起跑的时候也就没那么拥挤，可以轻轻松松以自家步调奔跑。跑完再泡一通温泉回家。

摄影师因为食品供应丰富，故对这条路线情有独钟。此人体质特殊，若不边跑边吃甜食就没办法好好跑完。反正从头到尾嘴巴动个不停。此次参赛途中在供水站吃了奶油面包七个、香蕉三条，端

1　均为日本地名。两地均有传统的马拉松赛事。

的厉害。这还不算，又抓了两大把水果糖，"吧唧吧唧"吃个不停。我算是深深折服了：居然能边跑边狼吞虎咽！可是按摄影师的说法，不吃东西的我才莫名其妙。"春树君，你什么也不吃还能跑那么久，这叫反常！"摄影师感叹道。

奔跑途中每次看见小孩子在路边吃糕点什么的他都心里痒痒的。"恨不得一把抢过来！"可怕啊可怕。总之他便是这样迫切需求作为能量补给源的甜食，而到终点时又叫苦不迭："不成不成，再不能吃东西了！"我想那到底不是地道的行为。跑完四十二公里，一般人岂不该喊一声"累啊"或"脚痛啊"才是？

实话实说，我是喜欢上下坡多的路线。很久以前参加过奈良的"明日香马拉松"，路上接连不断的上下坡累得我要死要活。于是痛下决心，自那以来为了攻克坡路关，练习中也多跑坡路，并且尽量找陡坡跑。例如去轻井泽时，一直跑上离山的顶尖。岂料事情也怪，一来二去竟喜欢上了坡路，参赛时每见坡路即笑逐颜开：好嘞，往上冲啊！普通人累的时候瞧见上坡必定失望气馁，而我则截然相反。我想这个反差带来的精神收获绝对不可低估。

　　我跑坡路的基本方针是"下坡超过五人，上坡超过十人"。下坡时有意放慢速度，上坡则按下变速杆猛踩油门。这种跑法大概很适合我，如此跑到最后也不觉得腿沉脚重。箱根接力赛每组有专跑上坡的人和专跑下坡的人，如何区分想必取决于性格和体质。相对说来，精神上我恐怕更接近专跑上坡的人。

　　不光赛跑，写作方面若事情过于一帆风顺，也会无端地觉得心神不定，心里像长草似的。给谁夸奖时浑身紧张（当然我还是高兴别人夸奖的），不合时宜的话语脱口而出，陷入自我厌恶之中。而若逆风而行，即刻变得精神抖擞生机盎然。"太好太好了，要上坡了！"——一想就眉开眼笑（这倒有点夸张），然后缓缓按下变速杆。自己都觉得性格不无奇怪。喜欢长跑，且喜欢往上坡跑。不过性格这东西肯定至死都改变不了。

虽然我也是喜欢喝啤酒的

迄今为止有三四次别人劝我上电视做啤酒广告。为什么总是老是常是啤酒广告呢？樱花橡皮擦啦，川久保玲啦，都营地铁啦，石丸电气啦，朝日新闻啦，宝贝牌洗碗槽啦，丰田叉车啦，日本大学理工学院啦，苹果电脑啦——世上有林林总总的产品有形形色色的公司，多如满天繁星。然而不知何故，找到我头上的惟有啤酒广告。窃以为肯定是有同我这个存在根源直接相关的某种必然原因犹如传说中的大鳗鱼一般"砰"一声横在那里。至于具体是什么,脑袋不灵便的我揣度不出,有知情人但请指教。

从结论上说,哪个委托我都没接受。这首先是因为:我无论如何也想象不出世人看了我映在荧屏上的脸,即会一拍大腿叫一声"噢,对了,非喝啤酒不可",旋即扑向冰箱门。我每天早晨起来都去洗脸间洗脸刷牙刮须,但尽量不看照在镜子里的脸——看了只能让我一大早就垂头丧气。这么着,现在我已掌握了无视镜子也完全能够刮须的技术。所以,打死我我也不认为自己上电视在众人面前"咕嘟咕嘟"喝啤酒会对世间某人有所帮助。不是谦虚,绝不是的。

其次是因为有个根本疑念在我胸间挥之不去:小说家何苦非上电视做广告不可呢?只是,这个命题深究下去难免让世间变窄,就此打住,敬请忘掉。

有件事匪夷所思。旅居罗马的时候,我和太太去威尼斯旅行。因是自己开车,开到哪儿玩到哪儿,也就没定下投宿处。在威尼斯一家老旅馆安顿下来,一天早上去餐厅时,背后有人招呼:"是村上先生吗?"回头一看,是一个西装革履的日本男子。"啊,

是倒是⋯⋯”我回答。对方随即递上名片：广告代理公司的。长话短说，原来他是为求我在电视上给一家啤酒厂做广告，特意从东京赶来威尼斯的。仅仅是为了见我！如此而已。我全然闹不清怎么回事。

"可你怎么知道我在这里呢？我在哪里谁也没告诉的嘛⋯⋯"我目瞪口呆地问。

再次长话短说吧。他先去罗马找到我的住处，但我不在。于是他千方百计查找我去了哪里。正巧有个人听说过我去威尼斯旅行。他就抱来电话号码簿，给威尼斯所有的高级旅馆打电话。试了几次之后，找出我投宿的地方（真可谓奇迹。我一般住更便宜些的旅馆，但这次没有空房间，只好住高级宾馆），并在早餐时间把我逮个正着。

若是通常，我会一口拒绝："这是私人旅行，没心思谈什么事先没联系的事。"可是到了这个地步，即使我也不能不大为佩服。简直如小说一般，舞台又是威尼斯。所以还是认真听他说了一遍。至今我对此人也绝无恶感。如火如荼的热情、大胆迅捷的行动——在公司大概也绝非等闲之辈。假如生在古埃及，没准能够建起一座永垂青史的宏伟金字塔，但不巧生于现代，不巧任职于广告代理公司，不巧从事啤酒广告制作。并非我挖苦他。

不过抱歉的是，广告还是拒绝了。如果当时跟我在一起的人不是自己的太太……至今想来都汗流浃背。不是么？广告代理公司的诸位先生女士，心情我不难理解，只是千万别贸然跑来找我。

时至如今我才坦白交待：我是演过一次（仅仅一次）电视广告。我的一个熟人在广告代理公司工作，对我说："打算在国立竞技场的跑道上拍摄马拉松场面，为家电厂家做广告，你不参加一下？"似乎蛮有意思的，就参加了。混在外国选手中间，在临近终点处展开殊死鏖战。摄影花了半天。因为拍得太小了，谁都没有注意……酬金只是小超市里的盒饭。

♡假话的心脏：乘新干线到名古屋站时总是条件反射地哼道"Willow Weep for Me"的，莫非就我村上一人不成？

空中飘游俱乐部通讯（三）

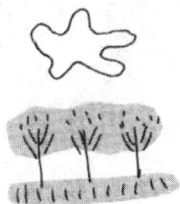

　　再聊一次空中飘游。我从全国各地接到信说："我做的空中飘游梦是这样的……"看来日本上上下下有很多人以各自不同的方式在天上飘着，在空中游着。

　　下面说的不是信上的，而是直接听来的。先说和田诚[1]（为和《朝

　　1　日本画家，曾为村上春树的《爵士乐群英谱》等作品画插图。

日周刊》关系特好的《文春周刊》画封面的那个和田君）。

"我大体是孤零零地飘浮在代代木公园比树梢高一点点的空中。我首先想飘给周围人看：看啊，我可以这样飘在空中！总之是想哗众取宠（笑）。反正'哎哟'一声一蹬腿，就这样轻飘飘忽悠悠地飘上了空中。总是担心飘不上去，没想到还挺顺利。"

据说和田君年轻时候看过弗洛伊德关于空中飘游梦具有性意味的书，自那以来不大跟别人讲起梦见空中飘游的事，但这回终于打破长期的沉默，将真相公诸天下。如果你在代代木公园树林上方看见有人舒舒服服地飘忽不定，那便是和田君了。最好装出弗洛伊德的样子（什么样子呢？）朝他挥手致意。

在中央公论社[1]给我当责任编辑的横田君（二十几岁的女性）梦见变成小鸟在空中轻快地飞来飞去，乐不可支。还从二楼窗口往屋子里窥看来着。只是时不时掉在地上猛然摔醒。

从来信上看，空中飘游梦似乎可以大致分为三种模式：（1）在空中滑行或往来盘旋；（2）一下子蹿上天去；（3）单单飘离地面。

1　日本著名的出版社。

我、和田君和小伙计五十岚属于第（3）种模式，不过就整体数量而言这个莫如说属于少数派，第（1）种（横田君的梦大概也属于此种）好像占绝大多数，出乎意料。其中数量最多的是"被谁追赶抱头鼠窜之间不知不觉飞上空中，啊太好了，得救了！"也有人（吹田市次田女士）说梦做得活灵活现，"追赶自己的人总是那个叫阿银的老婆婆"。这个倒够可怕的。

飘法也五花八门。最多的是"像游泳一样飘游"。以蛙泳或爬泳的姿势手刨脚蹬在空中前进。这个和会不会游泳似乎无关。也有人像风筝和滑翔机那样乘风轻盈盘旋。还有人（金泽的大城君）以骑越野摩托盘山而上的感觉在空中自由飞翔。另有两人从桥栏上纵身一跃就势飞去。

一个基本共同点可以说是"这些梦都做得悠然自得快活至极"。几乎所有人都希望更频繁地梦见自己飘在空中飞在天上。问题是梦这东西很难以自家意志为转移。京都市宫原君说他盖上三层被子，再让猫骑在被子上，即可随时梦见自己升空飘游（得得，世上果真什么人都有），但这样的人终究属于例外。

好像还有不少人因为很长时间没梦见空中飘游而心生寂寞。长

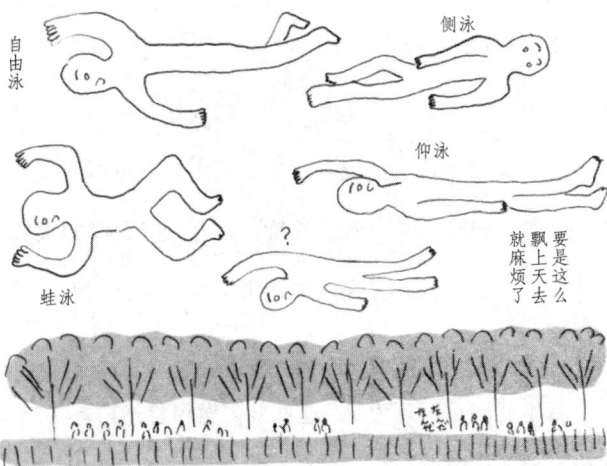

自由泳

侧泳

仰泳

蛙泳

?

要是这么飘上天去就麻烦了

野县盐尻市的唐泽女士（七十四岁）年轻时动辄梦见空中飘游并为之心旷神怡，但五十过后全然梦不到了，近来梦见的全是例如跟大家一起登山而惟独自己两腿动弹不得那种无比凄凉的梦，"想不到人做梦也同年龄息息相关"。不不，没那回事。人的想象力到多大年纪都是无穷无尽的。不可灰心丧气，务请继续努力，争取梦见快活自在的空中飘游。还有，现在被关进名古屋拘留所的足立君自从成为囚禁之身后一再梦见在空中遨游，这也请发扬光大为好。

京都市的金子女士（独身，二十七岁）说大阪世界博览会上的立式飞车同自己梦见空中飞行时的感触一模一样，所以每次去看博览会都连坐三次。是么……我也想坐一次试试。她写道"如有前世，我前世肯定是鸟来着"。此类见解十分之多。

也有不少来信说以前讲起空中飘游梦也无人理解，还被当成怪人，这次得知有人和自己同做那样的梦，甚为欣慰。

不受伤害

很久以前在美国一本杂志读到一篇报道，上面说性欲随着年纪增长而渐渐下降并非坏事。一个男子坦言相告："上了年纪后得知自己终于从性欲这个蛮不讲理的监牢中解放出来，对于我堪称一大惊喜。"那时我才三十几岁，心里惟感叹而已：嘿嘿，可是真的？

如今我已四十过半了（岁月流逝得如过水面条一样快），对上面的说法有了作为一个接近老龄者的感想：有可能那样，但绝不尽然，事情没那么千篇一律。更具体的因为说起来啰嗦，呃——，在这里就免了吧。

随着年龄的增长而或多或少下降的东西不仅仅是性方面的潜能（potential），精神上"受伤害的能力"也在下降。千真万确。例如年轻时候我在精神上也曾频繁遭受伤害，碰上一点点挫折眼前便漆黑一团，谁的一句话扎在胸口就觉得脚下地面像要整个塌陷一般。回想起来，日子过得够艰难的。看这篇文章的年轻人里也可能有人现在正同样地度日如年，甚至有人担心自己能否度过将来的人生岁月。不过不要紧，用不着那么烦恼。因为人这东西随着年龄的增长一般不至于再被伤害得肝肠寸断。

至于何以年龄大了受伤害的程度随之下降，原因我不清楚，就连对我本身是好事还是坏事都稀里糊涂。但若问哪个好受，无论怎么想都是少受伤害好受。如今纵使被谁说得一无是处，纵使被原来以为是朋友的人出卖，纵使出于信赖而借出的钱有去无归，纵使一天早上打开报纸见上面写道"村上连跳蚤屎那么点儿才华都没有"，我也不会太受伤害。当然也不至于满心欢喜，毕竟不是受虐狂，但情绪绝对不会一落千丈，一连数日痛苦不堪。心想"有什么办法呢，就那么回事"，直接忘去一边了事。年轻时候则做不到。想忘也难以忘掉。

归根结底，区别恐怕在于能否认为"有什么办法呢，就那么回事"。就是说，那种事反复经历过几次之后，无论结果如何都只管认为"什么呀，和上次不是同一码事嘛"，而不再一一计较一一烦恼，觉得那样未免傻气。这往好里说是变得顽强了，往坏里说是自己身上纯真的感受性磨损掉了。总之厚脸皮了。不过非我辩解，以我微不足道的个人体验说来，想带着某种纯真的感受性在我所属的职业世界里求生的尝试，就好比消防队员身穿人造丝衬衫跳进熊熊燃烧的火灾现场。

不过我之所以年龄增长后不再那么受伤害，我想并不仅仅出于脸皮厚了这个缘由。某一日我忽然认识到"年龄大了的人还同年轻人一样遭受精神伤害，是不怎么光彩的事"，自那以来我便有意识地训练自己尽可能不受伤害。关于如何达到这一认识的，因为说起来话长，这里就不说了（不说的太多了，抱歉）。但我那时深切感到：精神上易受伤害，不仅是年轻人身上常见的一个倾向，而且也是赋予他们的一项固有权利。

不用说，年纪大了心里受伤害的事也任凭多少都有，只不过

把它露骨地表现出来或总是耿耿于怀同年龄相应增大的人不相符罢了。我是这样想的，所以纵然心里受伤火蹿头顶，我也刻意做出黄瓜一般清凉凉的面孔。一开始很难称心如意，但随着训练次数的重复，就渐渐变得真的不再受伤害了。当然这就像鸡和鸡蛋，也许因为不再受伤害了才使得训练成为可能。何先何后分辨不清。

"那么，现实中最好怎么做才能不受伤害呢？"如果你这么问我，那么作为我只能这样回答："即使事情令人讨厌，也装出没有看见没有听见的样子。"

这就是所谓立竿见影的村上春树个人版"彼得定律[1]"。"先从妻子开始，世人迎刃而解"。至于没有妻子的人……我不知道。

♡假话的心脏：村上和水丸两人都是罗珊娜·阿奎特的影迷。不知何故，村上喜欢《捍卫入侵者》中的她，看了三遍。

1　认为人总是由"有能"变化到"无能"，因此社会上总是充斥着无能者的"定律"。见于罗莱士·彼得和雷蒙德·哈尔所著的《彼得定律》一书。

窥一斑而知全豹

前面也写了，以前我在国分寺开爵士乐酒吧来着。虽说是爵士乐酒吧，但并非什么煞有介事的玩意儿，日本酒也随你怎么喝。自己说是不大合适——在当时还算是一家相当不俗的酒吧。后来因故迁到了市中心的千驮谷。

迫于需要，当时打算在附近银行开一个开支票用的活期账户，但由于没有当地营业实绩，哪家银行都横竖不肯答应。若在美国，开一个开支票用的 checking account[1] 比换鞋带还简单，可在日本，不知什么缘故手续烦琐得要命。

伤脑筋啊！没支票，这个那个太不方便了。一天如此想着在原宿站前行走之间（当时的原宿还没有热闹得像天天过节），看见一家银行的原宿分行刚刚开张，员工在人行道上分发纪念品。一个老伯笑吟吟地走来说道："我们银行在那里开张了，请多关照！"我还年轻，加之身穿棒球服加牛仔裤，一副寒酸相（现在也这德性），于是心想此人真有闲工夫，居然特意向我这样的人打招呼。但还是试探道："说实话我刚刚把店迁来，正为办不成活期账户伤脑筋呢。"老伯马上说："明白了，我来想办法。"老伯真有这个本事？我半信半疑走了进去。只听他对女职员说："马上给这位顾客开个活期账户！"果然转眼间账户就开出来了。之后接过名片一看，原来老伯是分行行长。而分行行长竟然亲自跑到人行道上拉客（或许不是拉客，差不太多吧），实在令人称奇。虽说这家银行在城市银行中决不位于前列，但那以来我就喜欢上了这家银行，它一直是我的主

1　意为"支票活期存款账户"。

要往来银行。如今因为合并，名称变了，加上自己常往外跑的关系，不像过去那么打交道了，但我依然偏爱它。之所以偏爱，就是因为距今十八年前原宿分行行长在路上向我打招呼，把我作为一个人好生对待。当然，当时我个人的存款比起企业运转资金简直微不足道，对于分行长的业绩可以说无限接近于零。可是若把这种地道的细微之处一个个珍惜下去，总有一天有好事发生，我是这样认为的。据我所知，这家银行现阶段也没闹出很不光彩的事件。

也有相反的例子。七八年前在伦敦住了一个月。因想了解市内住房信息，就去了一家航空公司的办事处——听说去那里可以免费拿到日语信息杂志。刚进办事处的门，一个身穿西装神气活现的男子就大踏步走到我身边问有什么事。"正找房子住，想看一下这里的信息杂志……"我战战兢兢地回答。对方像看什么秽物似的从头到脚把我打量一遍，随即浮起冷笑（那时我算领教了冷笑是怎么个东西）："嗬嗬，信息杂志？你要办的事就这个？哼——，倒也难怪……"说着三步并作两步离去，那样子就好像要争分夺秒地离我越远越好。

不错，我是一副"周游地球"式打扮，也不是来买机票的。说白了，对办事处来说只能算是添麻烦的角色，没油水可捞，但也大可不必特意让人不愉快嘛！心平气和面带微笑说一句"是吗，请随便带走好了，但愿找到好住处"，难道他会因此受损不成？

结果弄得我在伦敦初春阴晦的天空下闷闷不乐地度过了三四天。自那以后若非迫不得已便不坐那家航空公司的飞机。倒不是下决心绝对不坐，但在有其他选择的情况下一般不坐。因为每次都会想起在伦敦那个办事处目睹的那副营业用的冷库一般冰冷的冷笑。若说这家航空公司过去发生的事故……说来话长，算了。

公司也好经济也好，专业上的事我是外行。不过看人我并不外行，大体可以一眼看出这个人是怎么回事。世间"窥一斑而知全豹"这样的情况我想不在少数。

♡假话的心脏：乘地铁银座线快到站时，车厢里的灯没熄。久违了。村上本来因为最最喜欢熄灯才乘坐银座线的，遗憾之至。

文学全集风波

　　前年夏天吉行淳之介[1]逝世时我参加了遗体告别仪式。一个热不可耐的下午。我一般不参加婚丧嫁娶典礼，生前虽说和吉行先生见过几面，但也算不上个人至交，所以弄得有几个编辑问我为何特意跑来。我回答："评新人奖和谷崎奖时他是评审委员，没少承蒙

　　1　日本小说家（1924—1994）。以描写性爱世界见长。作品有《骤雨》等。

关照。"事实也是如此。不过，关于吉行先生有一件事难以释怀，所以无论如何都想见最后一面。

很多年以前我旅居国外的时候，一次暂时回国（许久没回国了），接得出版社一个电话："本社这次准备出昭和文学全集，想把你的《1973年的弹子球》收录进去。"我说："承您那么说自然感到荣幸，可是我不认为《1973年的弹子球》适合收入全集。不能换成别的么？"于是对方十分婉转地告诉我"事情已进行到一定程度了，再说从长短来说那部作品也恰到好处"。

"从长短来说也恰到好处"——这个说法让我不太好理解。我又不是用秤量着卖文章的。而且说话之间我明显觉得此人根本没看我的作品，或者看了也拿不出看法。这当然一点儿也不碍事，只是心情上难以接受他时隐时现的态度——人家好意把你的作品收入全集，而你却这么啰嗦！至少我是如此感觉的。恶意恐怕没有，或者此人只会用这种方式说话也未可知。

不过坦率说来，我觉得自己作为作家还不具有足以入选文学全集的资格，于是提出："没关系的，如果怕麻烦，从全集抽下就是。"

对方旋即语塞。"可是已经印在小册子上了。"他说。我问："小册子是什么？""就是……全集小册子的标题上印着'从谷崎润一郎到村上春树'，已经换不下来了。"对方说。

对此我很难理解，遂问："恕我冒昧，这件事以前您对我说过吗？""没有。"对方说。那么就是说这家出版社没有得到收录作品的允许便将我的名字印在小册子上而事后征求意见。我绝非——自以为——心胸狭窄之人，但毕竟是靠自家拳脚吃饭的，不愿意被人像对待长途铁路运输货物对待自己。"小册子的事我不晓得。既然所收作品不能替换，那么我想拒绝这件事。"说罢挂断电话。

后来对方又联系了几次，但都没进展。不久另一家给我出过书的出版社的编辑打来电话，提出搞个折衷方案。他之所以来电话，是因为策划那套全集的人过去是该出版社的老资格、他的上司。拒绝是实在很难拒绝的，但我还是说明原委拒绝了。

接下来是吉行先生通过别人捎来口信，希望我予以成全。前面已经说了，吉行先生作为文学奖的评审委员曾提携过我，对此我很感谢。不过，虽然我不知道是何人的意向，但不是从实际业务角度澄清问题，而是从后门传话——这种方式让我难以首肯。因此我打定主意再不接触此事，来个佯作不知。结果，我原本就很少的几个人际关系渠道也堵塞了。

不过我个人是喜欢吉行先生这位作家的。他去世时我前去双手合十，请他原谅。至于先生能否理解，我没多大信心。本该在他生前当面道歉，可惜没有机会。吉行先生恐怕也绝不是出于情愿而打招呼的。

事情过去很久了，听说策划这套全集的人（估计是给我打电话的那位）在全集出版期间跳水自杀了，似乎是出版时的精神压力所致。当然一个人选择死亡的真正缘由是任何人都无从知晓的，但想来其精神压力的百分之几说不定是我造成的。果真如此，实在感到对不起他。不过若现在再次发生类似情况，想必我仍要同样对待。

写东西，从零开始催生什么——说到底是个呕心沥血的活计。不可能对所有人都报以笑脸，意外流血的事也是有的。人生途中我只能用双肩切实承担起这个责任，如此而已。

长寿猫的秘密·生育篇

　　上次写了年已二十一的长寿猫缪斯。这只猫有许许多多奇闻逸事（说实话足可写成一本书），让我再补写一点。说"一看见猫就吓得浑身发软"的水丸又非画猫不可了，感到非常抱歉。

　　缪斯是母猫，生了好几回崽。虽说它是纯种暹罗猫，但我对血统不甚计较，一开始就放到外面去悉听尊便，所以猫崽们全都是不知道父亲的杂种。但由于只只长相漂亮，聪明可爱，转眼之间去处就有了着落。长到七八岁的时候，我认识的兽医说，为了猫的健康，到年纪差不多该做节育手术了，于是做了手术。在此之前记得一共受孕分娩了五次。

猫这东西通常避开人找黑暗地方悄悄产崽，过去我养的猫都是这样，生下的猫崽也不让人碰。惟独这缪斯必在明亮地方且在我身边产崽。每次阵痛来临快要生的时候就"喵喵"叫着，懒洋洋地歪在我怀里，以仿佛对我诉说什么的眼神看我的脸。无奈，我只好说着"好、好"握住猫爪，猫也当即用肉球紧紧回握一下。不一会儿，猫开始浑身抽动，黑乎乎湿漉漉的胎儿从双腿中间一动一动探出头来。

产崽时，缪斯挺起上半身，张开双腿坐着。我从后面托着它，握住它的两只前爪。猫时不时回过头，以脉脉含情的眼神盯住我，像是在说"求你，哪也别去，求你了"。猫崽生出来后，我拿起胎盘扔掉。那时间里，猫大口小口不胜怜惜地舔着小猫的身子。

光是这样倒还没什么。问题是它每次必产五只。从产完这一只到产下一只之间需休息三十分钟左右。所以从最初阵痛开始到产下最后一只大约要两个半小时。那时间里我就得一直握住猫爪，与它四目对视。作为场景相当滑稽，肉体也够累的。

这还不算，此猫可以说百分之百在后半夜产崽。那时我在开店，本已累得一塌糊涂，却又要半夜两点帮猫产崽帮到天亮，实在让人吃不消。所以，中间很想请我的太太替换一会儿（困、肚子饿、想上厕所）。然而不知何故，缪斯惟独产崽的时候绝对只来我这里，且绝对不离我的手。于是我家那位常说"喏喏，说不定是你的崽"，但我全然没那个记忆。猫的父亲是附近某只猫，给人那么说我可不干。得得。

不过深更半夜和产崽时的猫定定地四目对视好几个小时，我觉得我和猫之间存在着类似完美交流的什么。其中有这样一种明确认识，即此刻这里正在发生一件我们共同拥有的大事。那是不需要语言的、超越猫与人之区别的心灵交流。我们在这里互相理解互相接受。如今想来真是奇妙的体验。

这是因为———一如世上绝大多数聪明的猫一样———平时缪斯也不曾彻底向我们交心。我们诚然作为一家人一起和睦生活，可是相互之间还是有一层肉眼看不见的薄膜那样的东西。就算猫时不时撒娇，我们之间也横有一条界线："我是猫，你们是人。"猫的脑袋特别好使，我们不知道它在想什么的那部分很大。

但是惟有产崽时，缪斯像剖开的竹荚鱼一样把自己的一切毫无保留地交付给了我，这时我才得以巨细无遗地清晰地目睹猫的所感所思，就好像漆黑漆黑的空中腾起一颗照明弹。猫有猫的人生——那里边有其情思、有其喜悦、有其痛楚。然而产崽一结束，缪斯马上又恢复成一如往常的谜一样的冷静的猫。

猫可是个怪东西啊！

💟假话的心脏：电话号码簿上列有"情人旅馆"一项，知道？村上我不知道。因为从未查过。

长寿猫的秘密·梦话篇

全国讨厌猫的同胞们，十分抱歉，又谈猫了，而且谈得有点让人不寒而栗。哪位不愿意看请转去下一页，下一页有什么我倒是不知道。

说起那只过了二十一岁仍活在世上的缪斯（雌性，暹罗猫），端的是只谜一样的猫。在我以往养的猫中，顶数它的故事多。例如此猫睡觉时常说梦话。诸位大概知道，某种猫既做梦，又说梦话，甚至魇住。所以，说梦话本身无足为奇。奇的是此猫说的梦话时不时是人话（大约）。这点我在十四五年前作为随笔在什么地方写过，说不定有哪位看过。但由于事情太离奇了，连我自己都有所不解，就在此多写一次。

一天我和猫一块儿睡觉，大概是午睡吧，记不太确切了。反正当时太太不在，家里只我一人，和猫并枕而眠。非我言过其实，确乎并枕而眠。缪斯像人一样头放在枕头上睡觉，此乃它的习惯。由于鼾声和鼻息不时呼在我耳朵上，有时吵得我难以入睡。

正当我欲睡未睡迷迷糊糊闭上眼睛之时，紧贴耳边处响起了低微的说话声："那又怎么样……"我愕然睁开眼睛，环顾四周，什么人也没有。只有猫在身旁酣睡。猫不时伸直四肢，"咕喵咕喵"发出类似梦呓的语声。可是那时我分明听见一个女子贴在我耳边说道："那又怎么样……"

也可能猫睡梦中发出的无谓声响偶尔听起来如此，问题是当时那句话就字眼来说也极为清晰，甚至抑扬顿挫。况且那时我尚未入睡。所以那不是梦。我搞不清怎么回事，遂摇晃缪斯肩膀把它叫醒。猫醒得简直像老婆故意闹别扭似的：呜呜，干什么呀？讨厌！

"喂喂，刚才你可说什么了？"我认真地问猫。

猫睁眼一动不动看我的脸，什么也不回答，随后大大打了个哈欠，霍地挺直身子，摇摇头径自去了哪里。但我即时得到的强烈印象是"此猫肯定隐瞒了什么"。看上去猫是因为不小心被人窥看了自己的重大秘密而想虚晃一枪蒙混过关。我当真心想：这家伙虽能说话，但因为担心被人知晓后生出麻烦，所以巧妙地隐藏了此项能力。说不定确实这样。

不管怎样，自那以来我在缪斯面前再不随便说话了。天晓得猫背后想的是什么。

另外，这只猫还能用催眠术逮鸟。缪斯是在我们没看见——它以为——的情况下偷偷下手的，但被我家太太偶然看在眼里。她发现猫从屋脊上朝蹲在电线上的两只麻雀发出甚为奇妙的声音（声音无可形容），心想它到底干什么呢，于是为了不让猫察觉而躲在窗帘后观察动静。在缪斯发出那样的声音之后，麻雀们活像被铁丝缚住一般径直一步一步往猫那边横移——被吸了过去。越听我越觉得这手段甚是了得，深深感叹自己养了一只神通何等广大的猫！假如

猫身上有萨满教徒 (shaman) 的因子，那么我猜想缪斯怕也多少具有此种能力的。

尽管如此，我并没觉得此猫令人不快，一次也没有。作为朝夕相处的对象，缪斯再理想不过。漂亮、聪明、健康、有很多谜。我们同猫之间这样保持着微带紧张的关系，实在惬意得很。让人如此惬意的猫是不多的。在这个意义上，缪斯是几百只里才有一只的宝贵的猫。能遇上这样的猫，乃是我人生中最值得庆幸的事之一。

音乐的效用

我是独生子，也是因为这个关系，我从小就几乎不对一人独处感到痛苦。当然也和同学在外面玩，但更多时候是独自看书、听音乐、和猫玩。

或许由于看了很多书的关系，现在正作为职业作家混饭吃，而音乐那方面基本和工作无关，只是纯粹作为爱好来听，至今仍听得很热心。对我来说，没有音乐的人生是无可想象的，一如酒之于安西水丸氏。

大约二十几年前，我去涩谷 NHK 音乐厅听了一次钢琴手斯维亚托斯拉夫·里赫特[1]的演奏会。是我当小说家前的事。那天我也好我家太太也好都累得浑身瘫软，根本不是想听音乐的状态，精神上也一蹶不振。具体的忘记了，似乎有什么不妙的事来着。却又不想把高价票浪费掉，于是两人拖着沉重的步履来到音乐厅。最后演奏的是勃拉姆斯 2 号钢琴协奏曲。

开头是法国号沉静的序曲，继而钢琴加入。倾听之间，不知何故，觉得全身的疲劳不翼而飞，清楚地意识到"此刻自己正接受治疗"。紧贴在细胞每一角落的疲惫被一个个剥离开来，消失不见了。我几乎听得如醉如痴。勃拉姆斯的 2 号钢琴协奏曲我一向喜欢，听过好些人的演奏，但如此受感动还是头一次。

演奏完毕，我几乎开不得口。何等神奇的体验啊！

不可思议的是——或许没什么不可思议——我家太太那个夜晚和我的体验完全一样。尽管她对勃拉姆斯钢琴协奏曲和小提琴协奏

---

1 乌克兰德裔钢琴家（1915—1997）。

桑尼·斯蒂特

曲之间的区别都稀里糊涂，但是她的疲惫也和我一样在第四乐章那里彻底烟消云散。走出音乐厅时，春夜温情脉脉，世界和人生重新在我们面前绽开笑脸。

那以后我们去听了几次里赫特音乐会，听了四五次吧。每一场演奏都十分精彩，却不知为什么，有"接受治疗"之感的仅最初一次。我不清楚那里边有怎样的差别。

下面说的也是我当小说家前的事。那天晚上我也干活干得筋疲力尽，又困得要命——人生当中劳累也太多了！偏偏城内一个地方有外国来的著名爵士乐手的即兴演奏会，加之是从熟人手里拿的票，所以还是跑去听了。进音乐厅刚落座，我就昏昏睡去了。即兴演奏已随之开始，可我顾不得那么多了。

不料，中音萨克斯独奏开始时我一跃而起：到底怎么回事？往台上一看，原来桑尼·斯蒂特正在独奏。把我叫醒的是斯蒂特的独奏。独奏不同凡响，我早已忘了困意，贪婪地听着。他的独奏吹完，本尼·戈尔森的独奏接着开始。听着听着，又困得不可收拾，沉沉睡去。

那天晚间有很多人独奏，但我只记得斯蒂特的独奏。为什么呢？

因为除了斯蒂特独奏时以外，其他时候全都在睡觉。每次轮到斯蒂特演奏我都会自然醒来，他一奏完我又自然睡去。演奏会结束时，我的疲劳早已消失，体力恢复，也不再困了，精神百倍，好像重新降生一般。

"睡得好香啊！"坐在身旁的熟人惊讶地说。

"心情舒服极——了！"

音乐时常如肉眼看不见的箭笔直飞进我们的心，整个地改变我们的身体结构。那种时候，感觉上我们简直就像重新回到十七岁，再次恋爱得要死要活。如此荡神销魂的体验不是可以随时得到的，实际上也几年才发生一次。可是我们就是为了寻觅这种奇迹般的邂逅而常去音乐厅和爵士乐俱乐部，尽管几乎次次失望而归。

抽屉中恼人的小狗

　　时不时有人训我："你也老大不小了，每星期总写那么无聊的随笔，就不觉得羞耻？不能写点对社会有益的东西？"说得完全正确，无言以对。问题是这个也想写那个也想写，写来写去的时间里，就全成了无聊的东西。何以如此我也不明白。这么着，这个星期还得写于社会百无一用的玩意儿。请做好精神准备再看吧。

　　前不久，为了写稿我求出版社在城内一家宾馆（名称隐去）订了个房间。我本来不太喜欢闷在宾馆里，但当时又在准备搬家，在家里没法安心写作。

　　但宾馆房间的桌子太小，不适于写作，于是我给服务台打电话，提出能否找一张稍大些的写字台。不一会儿，两个男侍应生从哪里搬来一张大办公桌。好，好，这个好！我这么想着，伏案写了起来。写了一阵子歇口气时，随手拉开抽屉一看，里面塞满了杂志。什么杂志呢？翻开一瞧，原来是相当够级别的色情画报——"女高中生如何如何"、"哎哟不得了那不行的……啊啊受不了"，便是这类货色。共有二十多本。

　　我不甚中意这方面的杂志，起码不至于自己花钱买。但说到底这东西是令人烦恼的小狗，近在手边难免翻阅下去。嗬嗬，厉害啊厉害，这样的照片也敢刊登，哎嘿嘿嘿嘿嘿——如此边想边看，看了相当不少，那天几乎没能写出东西来。

　　我固然不认为宾馆会不怀好意地在桌子抽屉里放满色情杂志来打消我的写作热情，可我因此心猿意马则是事实。或者出于类似端茶送水的一片好意亦未可知：写累的时候，看一眼这玩意歇口气如何？果真如此，效果可是恰恰相反。抽屉里有了那类东西，就实在没心思正经做事了。而且也不光是我，森欧外也好武者小路实笃也好田山花袋也好上田敏也好[1]，肯定都如出一辙，虽然我全然没有诽谤日本近代文学史的念头。

　　傍晚讲谈社的木下阳子（化名）前来视察，问我："怎么样，村上君写作可有进展？"我老实交代因为什么什么而毫无进展。对方厉声呵斥："开哪家子玩笑！瞧你干的什么事，一塌糊涂！我们可是为了让你写作才特意支付高额住宿费的。快把那劳什子扔掉！"此人动不动就把我当顽皮猴对待。也罢也罢。

　　话虽这么说，问题是终究属于他人所有物，总不宜一声不响扔去哪里了事。无奈，我抱起一堆杂志走到服务台（不好意思乘电梯）说道："借的桌子抽屉里塞满这样的杂志，老实说害得我干不了活。抱歉，请设法处理一下。"服务台的人突然被递上这东西，想必也吃惊不小，但到底不形之于色："明白了，我来保存。"说着接过一大堆杂志。

1　均为日本近代著名作家。

无话可说（水丸）

　　至于搬来的桌子抽屉里何以满满地塞着强势色情画册，谜团至今未解。宾馆原本就好像是谜团多的地方，外观一本正经，而里面到底搞什么名堂，外行人很难看出。

　　我这么一说，水丸道："哎呀，其实我的抽屉里最近也给人塞进 *SM Sniper* 来着。"水丸把准备运去事务所的办公桌在公寓走廊里放了一段时间，无意中拉出抽屉一看，发现里面装了很多低俗杂志。估计是路过的人随手放进去的。"很伤脑筋的，遇上那种事。有那东西很难做事，总是要看的。"他也如此表示。好嘞，非我一个，水丸也同样遭遇了令人烦恼的小狗……若这么想也丝毫不觉得欣慰，那么此人当是贤德之士。

文科和理科

世人大体可以分为文科人和理科人。我压根儿做不来数理化，是个俨然画在画上的文科分子，所以选择人生发展方向的时候全然没有迟疑之感。就算再有野心，也绝对没希望当上外科医生或物理学家。进一步说来，法律专家或经济学家也当不上。所以认为只能去文学院，而实际去的也是大学里的文学院。总之几乎别无选项。

我的父母都是专门学国文（日本文学）的，家庭环境原本就有

"文科"色彩。家中文学书很多，耳濡目染，以为看书才是正道。关于如何拆卸钟表和配置电线，则认为那是发生在某个遥远世界的事，与己无关。所以作为我去念文科是自然而然的。至于这是起因于遗传因子的先天性决定事项，还是家庭环境造成的后天结果，我则不清不楚。大致遗传三分环境七分吧，我是有这样的感觉。

不料结了婚，我家这个太太是个变本加厉的极端文科分子，以致家中大凡日常"理科事项"都不容分说地派到了我头上。每次机械装置哪里坏了，必然由我鼓捣。若鼓捣不成，便受到斥责："你也算是男人？"

以前看一本美国小说，里面的主人公抱怨道："仅仅因为不巧带着一套男用生殖器生下来，世人就认定我会修理汽车的变速器，这是为什么？"对此我深有同感。世道这玩意儿原来哪里都大同小异！

不过，迄今为止对这种蛮不讲理的做法我是一忍再忍的。

汽车的发动机油必须经常检查更新——这个我也学会了。还拼命翻阅厚得像要存心拷打你的说明书，记住了烤面包机的调弄

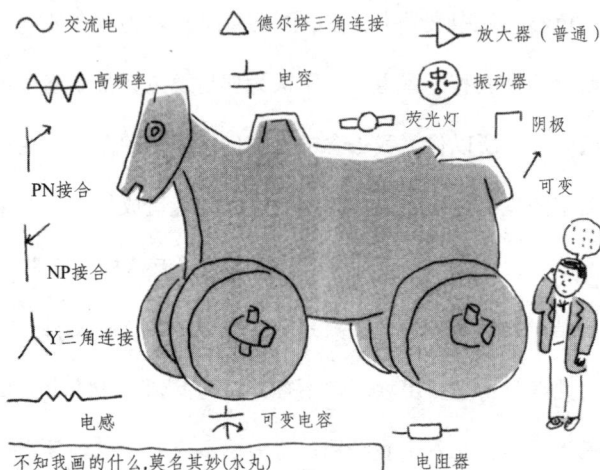

交流电　德尔塔三角连接　放大器（普通）
高频率　电容　振动器
荧光灯　阴极
PN接合　可变
NP接合
Y三角连接
电感　可变电容　电阻器

不知我画的什么,莫名其妙(水丸)

方法，以便早上起来顺利烤出面包。时下能够在使用光缆把音乐从 CD 转录制到微型音响装置中的同时用激光影碟看《卡比里亚之夜》了。可以把电子表当闹钟和秒表使用，计下跑一圈四百米跑道所需时间了。可以用按键式电话查询美国银行的存款额了。同过去相比，作为我可谓跨越式进步。非我自吹，的确干得不坏，真想自我犒劳一下。

然而世界是个无限残酷的装置，会把新的障碍物一个接一个恶狠狠地抛到我面前。是的，现在我要说说那台不三不四的苹果电脑。家里现在共有四台苹果电脑。我有一台台式的，一台便携式的，太太有一台，助手有一台。每台用的软件多少有所不同。不用说，四台电脑必有哪一台出问题。比如现在打印机就昏迷不醒，如腌菜石一样僵死不动。缘由一无所知。

我对着桌子高度集中注意力写小说："于是波子一伸舌头舔了下长毛狮子狗的肚脐。狗突然起身，摘掉人字呢帽……"正写着，敲门声响了，招呼道："喂，过来看看呀，不知怎么不灵了啦！"每次都弄得我仰天长叹。

真想跑到大概在天涯海角的文科国文科城文科村去，就这样带着一套男用生殖器在那里静静地生活。这是我的一个小小的梦。

[作者注]

话虽这么说，"村上朝日堂"[1]往下即将开设网站，迅速电脑化。

---

1 作者在《朝日周刊》连载系列随笔的专栏名称。

电脑的好处就是——也是其可怖之处——即使不清楚其原理也可大体运用自如。

只是我想，将来世界上的人大概可以分成两类。一类是自由驱使别人编的软件来工作或做游戏的人，一类是闷头编程序的人。作为前景倒是相当黯淡。

♡假话的心脏：过去有一个泰国人问村上："你是泰国人吧？休想瞒我。"没瞒，真的。

辞典更有人情味也未尝不可

伍迪·艾伦的电影《安妮·霍尔》中，主人公奥尔比·辛加说了这样一段话：

"我嘛，说实话，人生观是相当悲观的。就是说我认为人生可以分为可怕的（horrible）和不幸的（miserable）两类。可怕的——怎么说呢——乃是致命的人生，比如瞎子、瘸子……这样，不幸就是此外的一切。所以，为了生存下去，我们倒要感谢不幸才对。"

如此重新翻译出来一看，觉得内容未免有欠稳妥，含有几个危险性字眼。糟糕，这样引用能行吗？我不免担心起来。不过，从这段话中可以无比鲜明地看出伍迪·艾伦这位电影剧作家的个性。我想已经用不着我交待了——对于身体有残疾的人，伍迪·艾伦在这里并非是歧视以至奚落，莫如说可能是怀有根本性的共鸣。

可是，如果不把它"伪恶地"翻转一圈，他正确的心情便无法以正确的形式表达出来。此人相当不好理解。而美国人——或者不如说纽约人——大体上都知晓个中机微，所以都不说三道四，而认为这也才成其为伍迪·艾伦。但在日本，这样的台词出现在影片中时，由于眼前的词句妨碍了内容，就有点成问题了。

先不说这个了。我第一次碰到这段台词时相当佩服：有道理，horrible 和 miserable 这两个词之间竟有这样的实感性差异！对于如此生动鲜活而富于情绪性的 definition(定义)，辞典上的释义和例句是无论如何也传达不了的。不过，负责电影字幕的人怕是要煞费苦心了。

这部影片还有许许多多奇怪的台词。此外我喜欢的是："我那时心慌意乱，从脑袋上把裤子脱了下去。"

世上英日辞典多如繁星。遗憾的是尚未见到一部例句格外生动

有趣而浅显易懂的辞典。不客气地说，大多数的例句都大同小异。莫非因为词条相同？

能够在一定程度上化解平时由于看现有辞典而产生的焦躁感的，乃是英美文学专家、老资格翻译家飞田茂雄氏的力作《探险英日辞典》（草思社）。说实话，我把这本辞典放在厕所里，每天读一点点，用很长时间整个读了一遍。虽然对不住飞田先生，但这种读法的确非常有效。有志于搞翻译的人或对读英语有兴趣的人务请在厕所里（以美式说法说成 bathroom 感觉上要好些）常备一本。上班上学途中时不时读一点也不坏。当然，不能在书房里读的理由一条也没有。

这本辞典不愧出自飞田之手，从同时代英美文学中引用的生动例句比比皆是，不由我不拍腿叫绝："妙妙，非此莫属！"此书的妙趣在于其立意新鲜——不是"为了解释词条而从哪里找来适当的例句"，而是反过来以一个实际句子为出发点对词条加以实战性阐述。我一直盼望有这样一部辞典。

说起来，这本来就是编者从自己积累的实际体会——在翻译过程中发觉一般辞典的解释是如此不贴切、不全面——中打磨出来的

（坦率地说，有一时期我也着手制作此类个人资料来着，后来嫌麻烦半途而废了。这上面有人能自成一家，有人则不能）。翻阅之间，以前对现有英日辞典隐约感觉到的无数不满开始轮廓清晰起来，很多时候令人心悦诚服。

在目前阶段，此书基本停留在飞田氏私人资料这个程度。如果以后能逐一增补，以大一些的规模发挥一般性辞典的功能，我想会更加妙趣横生。世间如此广大，有一两本由读过优秀小说之人编写的富有人情味的英日辞典摆上书店的书架，又有什么不好呢?

♡假话的心脏：如果仰脸朝天边走边吃鸡肉串，肉汁很可能淌下来。倒是百无聊赖的想象。

大白天黑乎乎的旋转寿司店

由于少有机会，实际进店一年也就几次，不过旋转寿司这东西我个人并不讨厌，或者不如说相当喜欢。这首先是因为进食时可以不同任何人说话，这个再好不过。我这人本来就不怎么饶舌，吃饭时这种倾向更严重。其次不用一一等菜单和饭菜上来，这点也够开心的。往台前默默一坐，眼前就有盛着寿司的小碟转来，想吃哪个拿哪个，没有清规戒律，没有惩罚条例。

很久以前我在御茶水"山上宾馆"写作的时候，往往忙得忘吃午饭，觉得肚子饿时已经下午两点半了。上街找东西吃吧，但大多餐馆或小食店都已关门了，于是东游西转之间走进闪入眼帘的旋转寿司店。

听得一声"欢迎"，不思不想坐在座位上，不料周围情景和平日不同，发生了什么决定性的变异。几秒钟过后，我才觉察到原来旋转式传送带上一个碟子也没有，惟独空荡荡的传送带一声不吭地在眼前流转。店内别无客人。一个年轻师傅在离台面很远的里头孤单单无所事事地站着。

"噢——不做了么？"我试着问道。虽说我决不希望把自己社会化一般化，但我可以想象，大多数身心健康的市民一般都会这样发问。

"做啊，做的。"师傅说，"说出您想吃什么，我这就做出来转过去。"看来情况似乎是：这个时间客少，担心做出来转久了鱼肉不鲜，所以现点现做现转。呃！有道理。

"石首鱼和鱿鱼！"我高声喊道。师傅当即应了一声，在尽头处三下五除二攥了两个石首鱼和鱿鱼寿司，放在碟子里，摆上传送带。两个塑料碟就好像机场行李传送带上的两个旅行箱一样绕着大圈，朝我这边步步紧挪着赶来。到我手边大约花了二十秒。我心想你可总算来了，碟子转来时赶紧拿起放在眼前，蘸上酱油闷头吃了起来。

吃罢喝一口茶，这回点了金枪鱼和沙丁鱼。片刻，金枪鱼和沙丁鱼同样转来。

说实话，寿司根本不好吃。不是寿司本身不好吃，而是这么旋

感觉大概是这样的吧（水丸）

转而来的寿司全然吃不出滋味。吃得十分紧张，谈不上品尝滋味。

第一，无人的（或者说无寿司的）传送带在眼前分秒不停地转来转去对人很有压迫感，就像有人逼你"快拿呀快拿呀"。那一个个寿司俨然在说："您好，随便吃吧，我也是随便过来的。"按理，因为它早已并列地、水平地、无名地、全色彩地摆在那里，所以应该是有时间慢慢受用的。问题在于传送带，传送带在视觉上令人相当难以忍受，让你不得不无谓地深思起什么"彼从何处来，又向何处去"。

第二，静等寿司碟转来，继而不失时机地在眼前拿起——这项作业做起来也意外地令人紧张。当然不是什么大不了的速度，不至于让它溜之乎也。但是你不晓得世间会发生什么。不小心错过机会，到下次相遇至少要等一分钟——光是这么一想都淌出一身冷汗⋯⋯这么说固然言过其实，但到底心惊肉跳。

而且说不定会给寿司店师傅瞧不起：得，好个毛手毛脚的客人，连个碟子都拿不准！充其量是进寿司店吃午饭罢了，我可不想触这么大的霉头。

如此这般，只吃了石首鱼鱿鱼金枪鱼沙丁鱼，吃罢赶紧出门。

觉得对消化甚是不利。我本来算是内脏健康的，但那天直到晚上都好像胃里有问题。回宾馆面对书桌，脑袋里还在想象：此刻店里那黑乎乎的传送带只怕仍然在催促着"快拿呀快拿呀"，空荡荡地来回转个不停。而只要这么一想，就心慌意乱写不成东西。

我想，世界委实有许许多多各种各样的陷阱埋伏在意想不到的地方悄然等待我们。每天每日都活得心平气和谈何容易。

♡假话的心脏：广尾站前亮出一块牌子："圣心女子学院的学生务必走过街天桥（高中三年级除外）。"又是一道难解的题。

脸朝下走路

　　我在波士顿住的时候，《波士顿环球报》的周日版搞了个日本特集。通栏用了一幅上班光景的大照片，数百之众的工薪族男女职员默默走下早晨东京站的台阶，全都身穿黑乎乎的风衣，垂头丧气地俯首朝下。

　　我看后第一个感觉是：这些人看上去是多么不幸多么忧郁啊！给人的印象无不是在边走路边想：啊，讨厌，啊，真是懒得工作啊。

估计看了照片的美国读者也会和我同感。

不过冷静下来细想，下台阶时人们一般都脸往下看，是吧？而往下看，势必显得垂头丧气。何况时值寒冬，全都得把脖子缩得短短的。再说日本人除了秃脑袋瓜基本都是黑头发（在丸之内上班的工薪族很少有褐色头发），作为印象无论如何都黑乎乎一片，而实际上决不至于每一个人都以沉重的心情脸朝下上班。

这样，我觉得作为报道用的照片未免有失公允。作为照片本身，那张照片或许没错，概无问题，然而在结果上必然诱导出某种结论。

其实那篇报道总的来说是好意地强调了日本具有道义性的市民社会的现状（《波士顿环球报》也许因为在东京有特派员的关系，远东情报既准确又较友好），尽管如此，整体上还是给读者以消极印象——日本原来是个人们全都以阴沉脸色工作的蜂窝般的社会。

那时我切切实实感到大众传媒（mass media）这东西果真可怕。仅仅一张照片的选择即可整个儿改变报道的倾向。

脸朝下走路确实容易给人以抑郁的印象。

相对说来我有点儿曲背，过去就常常被人提醒要挺腰走路。及

这条狗没冲着我们汪汪叫

至每天跑步游泳之后，背开始比以前挺了。挺腰走路后我才明白：挺起腰来的确心情畅快。远处看得清楚，空气也吸入得多，虽然时而会绊在什么上面……

不过，我也有过因脸朝下走路而走出困境的经历。说离奇也够离奇的。

婚后刚开始做生意的时候，贷款害得我叫苦不迭。一次银行有一笔钱必须在翌日下午三时偿还，然而无论如何还差三万。对当时的我来说，三万日元乃是巨额资金。又找不到可以借钱填空的地方，因为大凡估计能借到的地方早已搜刮一空了。

糟糕，如何是好呢？我一边冥思苦想一边和太太两人低头在夜路上行走。漫无目标地走来走去，以为能计上心来。可怎么想都无计可施，好比倒提空口袋"啪啦啪啦"乱甩一气。我自言自语："没办法了，睡觉吧，没准明天能想出什么高招来。"于是决定回家。无风，万籁俱寂的夜。

忽然，回家路上发现有几张纸片"呼啦呼啦"落了下来。凑近一看，原来是万元钞，而且正好三张。感觉上就像刚刚从天上翩翩然飘下来的。四下环顾，谁也没有，空无一人的深更半夜。我们不能相信自己的眼睛。连金额都正相吻合，世上居然有这等美事？但还真有，不能不信。若是荣格，想必称作 Synchronicity[1]，但当时我连有那么精彩的词语存在都不知道。

拾起那三万日元时，夫妻俩携手而哭……这么说自是夸张，不过说实话，真个欣喜若狂。那钱压根儿没交到派出所，用来还债了，可谓绝处逢生。

心里是觉得对不住丢钱的人。但非我狡辩，那时别无他法。借此机会深表歉意，对不起。那以后拾来的东西每次都交给警察了。

---

1 同时性，共时性。精神分析术语。

日本什么都贵

　　近日心生一念：对了，今天有空儿，就阔气一次，午饭去热海[1]吃！于是从东京驱车赶往热海。结果光是收费公路的单程过路费就花了三千零五十日元。感觉上似乎一次又一次在收费站停车交费。顺便说一下，去年夏天我从波士顿去加利福尼亚州长滩，用两个星

1　位于日本静冈县东部沿海的旅游胜地。

期时间横穿大陆——那时花的过路费呢？抽出旧旅行日志一查，总计十四美元六十五美分。换算成日元也就一千五百左右。

当然啦，国情有所不同。地价相差大，加之为了不让日本这样的狭小国土到处是车，过路费多少定得高一些在某种程度上也怕是无奈之举。但是，东京至热海间的过路费竟是波士顿至加州的两倍多，无论如何也太离谱了！

另外价格上令人有些不释然的是盒装刮脸膏。例如最近在日本药店买的一百五十克刮脸膏花了四百八十日元，而美国超市里三百一十二克装的才一美元四十九美分。用计算器"啪啪"一算，每克价格相差六倍。这个也可以说太过分了。

所以每次去美国我都顺路到"沃尔玛"，一边想着"我何苦干这个"一边买上一堆刮脸膏。从金额上看刮脸膏之类诚然算不得什么，只是觉得定价实在不公平。

音乐 CD 日本也贵。我喜欢爵士乐钢琴手大西顺子，常买她的东西听。即使从世界范围看她也是第一档次的音乐家，其老到的击键感和出色的选曲悟性每每令我折服（你不认为乐感有点像

贵啊,贵啊(水丸)

厄尔·海恩斯?），在美国的唱片店也常可见到。可是同样是日本制作的 CD，在日本买要两千八百日元，在美国的量贩店买才十美元多一点点。我当然不可能三番五次去美国买，也得在日本买点，但这也让我觉得奇怪。关于 CD，近来日本对二次销售制也有了改观，好像发行一定时间后可以降价，但实际差价依然很大。

　　价格高低涉及二次销售制时多少有些复杂。实话实说吧，去年夏天我返回日本以来，出版界好几个人都软中带硬地叮嘱道："村上君，二次销售制问题你最好别多嘴多舌。”总之眼下转售制是个相当不好惹的话题。无论出版业还是销售业都一致认为“二次销售制是善、是正义”，团结得牢不可破，甚至有一种谁敢乱说乱动小心挨揍的气氛。

不过，若让我小声直言，作为我可是有点百思莫解：这个问题莫非真值得那么披头散发歇斯底里不成？例如没有二次销售制的美国书店里卖的绝大部分减价书，不是大批量销售的畅销书就是已经绝版的旧硬皮书之类，除此以外的正经书（即所谓有良心的书）大体是以稳定价格即定价出售的，这些书至少在大城市书店里一应俱全。

服务也不差。要找的书可以用电脑迅速检索出来，若无库存还可以为你向出版社预订。具体数字我不懂，但让我说几句外行话吧，如果像美国那样建立起电脑信息流通网，应该可以在一定程度上降低成本，“良心出版物”在世间活下去的余地也应该是充分的。我不是作为作家，而是作为喜欢书的一个市民这样考虑的。

我觉得，废止二次销售制马上会使良心出版物全军覆没的看法，深究起来和一段时期里出现的“一粒大米也不进口”同属情绪性极端之论。我倒不是在说二次销售制的好坏，这点由大家开诚布公慎重议论归纳出正当结论即可，我想说的只有一点是：时下的状况是由受益者之一的媒体随心所欲地散布"保卫文化"的高调，这恐怕很难说是公平合理的，所以请别对我群起而攻之。

　　一个成熟社会里的所有问题都应当有一个并非"all or nothing"[1]的明智的妥协点才是。这才是文化。"一刀切"的制度只能产生"一刀切"的文化，不是么？

1　大意为"或无所不有或一无所有"，孤注一掷，破釜沉舟。

跑步俱乐部通讯（三）
——到底是闲人啊

与人相见，对方常用"怎么样，忙吗"来代替寒暄，问得我不知如何回答是好，颇伤脑筋。

说实话，我从很久以前就原则上不接受有截止期限的稿约，所以日常当中完全没有"忙啊忙，又要忙这个，又要忙那个"的感觉。当然，这"村上朝日堂"等几个连载（作为数量少之又少）倒是大体有截稿日期的，但因为我总有一个月份额的储备以应其需，所以不至于在截稿日期临近时慌慌张张非写什么不可。

可是，若问我是否每天闲着无事，那也不是，手头有好几桩想在明年春天赶出来的活计。说准确些大约是：往远看决不轻闲，往近看则不算忙。但我懒得一一向别人解释，于是那种时候便根据情况适当说一句"哪里，够闲的"或"最近是有些忙"。

但不管怎么说到底是闲人啊——最近我在北海道一边跑"猿间湖一百公里超长马拉松"一边这样深深感叹。若非相当有闲之人，不可能玩这名堂。

这一百公里实际用双腿跑起来，距离可不是闹着玩的。以直线测算，即东京中心到水户或沼津。以普通跑步速度跑六成正好需要十小时，为保持体力中途必须加进饮食休息时间，跑完差不多需半日。就我来说一共花了十一小时四十二分。半夜两点起来这个那个做准备，早上五点出发，到达终点是傍晚五点来钟。跑当然喜欢，但跑过一半的时候到底自感傻气，不禁仰天长叹：我何苦非干这个不可？不用说，既然我自己都这么想，那么在别人眼里肯定愈发傻气。没准路旁的牛都在嗤嗤窃笑。

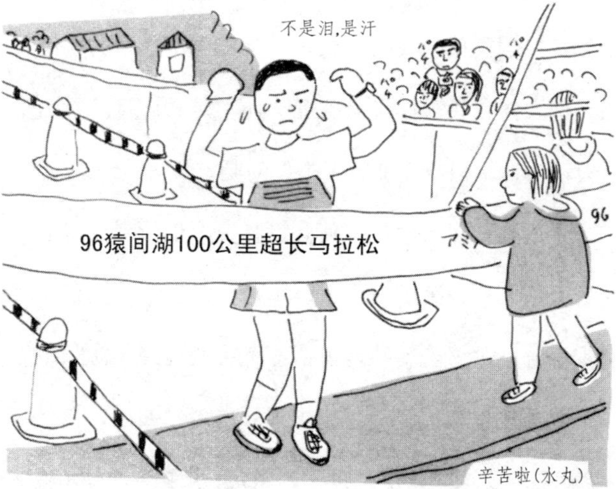
不是泪,是汗
96猿间湖100公里超长马拉松
96
辛苦啦(水丸)

不单单是当天。为跑这一百公里，我事先整整练了三个月。每天乐此不疲地跑、游泳，每星期抽出一天跑三十来公里。仅仅投在这方面的时间就相当可观。我家太太日前指责我："为什——么近来夫妻不交谈？"为什——么？一想，毫无疑问是因为练长跑的关系。忙，没工夫干那码事。

当然——倒仅仅是我的想象——参加此次赛跑的其他人的家庭生活想必也大体和我一样马马虎虎。还不是，认真练习起来，哪里顾得上夫妻对话！根本没那闲工夫，对吧？

如果你问（很多人问过）何必牺牲家庭生活置人情债于不顾无谓地吃尽苦头而非去跑那一百公里不可，老实话我无言以对，或者说一言难尽。不过，若单纯地诉诸语言，我猜想不妨归结为"好奇心"——大概是想知道跑一百公里到底是怎么回事，自己是否也能挺住。我就是为了这个才坐飞机飞到网走[1]付了两万日元参赛费跑完一百公里筋疲力尽地回来的。

这篇稿子是赛跑回来两天后的星期二写的，腿虽然不怎么痛了

---

1 日本北海道的城市。

（因为边跑边一下一下做伸展动作来着），但手腕正面肿得又红又大。因我挥臂幅度较大，手腕那里有点腱鞘炎症状。全程马拉松无所谓，而这么远距离的，手腕筋力就不够用了。脚上所幸没起泡，只是右脚无名趾的趾甲开始剥离。瞧这样子，很难说自己的行为有多么地道。

但冲过常吕镇终点线的时候——自己说或许不合适——真的很激动。那不仅仅是在规定时间内跑完一百公里赛程的欢喜（"胜利了！"），还有更多的东西在里面。持续奔跑半日，其间实在有种种情况。想到自己终于稳扎稳打地冲过各种各样的东西跑到这里，胸口多少有些发热。

沿途人们热情的声援也是其中之一，谢谢、谢谢了！

脱发问题

　　十多年前的事了。我为了写一本参观工厂的书和水丸一起去过一家有名的假发厂。先在一个房间里见一位负责广告宣传的老伯，就假发是怎么一个物件和人变秃是怎么回事听取种种初步的、学术性的讲解。

　　大体讲完后，老伯转向我说："跟你说村上君，你现在穿的是黄色毛衣，对吧？恕我心直口快，秃的人无论如何是不可以穿那东

164

西的，这点你可曾想过？"

我回答说没有。何曾想过那玩意儿。

"穿那东西嘛，人们会背地里说你：'哎哟哟，秃脑瓜子还穿那么鲜艳的黄毛衣！'啊，就算实际上别人不说，也会有那样的感觉的，很难穿下去。把自己放在那个位置上想想看！"老伯说。

给他那么一说，我深为自己感到羞愧，就好像一双泥脚不管不顾闯进别人屋子里似的。不过事后细细想来，我所认识的秃脑瓜子们——正确称呼是薄发者——无不身穿川久保玲、开保时捷、领个年轻情人，活得有声有色有滋有味（哪个不比我活得风光？）。这东西恐怕同头发的数目无关，而取决于每个人的个性差异，我现在觉得。不可那么简单地一概而论。

我本身时下虽然没怎么秃，但暂时性脱发迄今有过两次，第一次三十刚过，第二次四十出头。这两次可是给了我不小的打击，毕竟每次进浴室洗发时得眼看着头发一个劲儿脱落。一次洗完对镜一看，发现头皮一反常态，都透亮了。这样一来，周围开始有人说："喂喂，最近是不是脱发了啊？"我本身也渐渐不安起来：说不定就这

样脱下去了，越脱越少。

不过这暂时性脱发的原因是比较清楚的。一句话，精神压力。第一次是在当上专业小说家不久的时候。当上小说家固然欣喜，但职业变更了，这个那个地伴随着许多麻烦，人际关系也不顺畅，致使精神疲惫不堪，头发开始脱落变稀。过些时日情况稳定下来后，我的头发数目也就恢复如初了。

第二次记得是红绿两册《挪威的森林》[1]成了畅销书闹得天翻地覆的时候。自己的书有很多人拿在手上本身当然让我喜不自胜，没有丝毫不满。但遗憾的是随之而来的——或者不妨说虽非随之而来却是由此诱发的——讨厌事伤脑筋事身边出现了好几桩，弄得我心力交瘁，其后遗症花了相当长时间才从身上头上撤离。差不多一年时间什么也没写成。那时头发也同样掉得哗啦啦势不可挡。

也可能处在三十岁、四十岁这种节骨眼年龄上，有什么事也好没什么事也好精神都要遭遇挫折，因为年龄增大和变老不是一件马马虎虎的事。好在每次我都悬崖勒马逢凶化吉，头发到今天总算好

1　日文原版《挪威的森林》分上下两册，上册封面为红色，下册为绿色。

端端地留在脑瓜顶上。第三次什么时候来或者来还是不来，那种事我无从知晓。

人生是个充满意外圈套的装置——通过两次暂时性脱发，我切切实实感觉到的便是这样一点，并且认为其基本目的似乎在于总体性平衡。简单说来就是：人生中若有一件美妙事，往下必有一件糟糕事等在那里。

例如工作上出现一件好事，人际关系便有一场恶战；爱发生了，恨即随之而来。Vice Versa(反之亦然)。人生途中头发的时增时减大概就是让我领教如此装置之痛切的一种隐喻。

因此之故，每次面对镜子梳头时，我都放松一下双肩，暗想必须轻松些活着才是。虽然放松过头可就成傻瓜蛋了。

万宝路男士的孤独

表参道与青山大道的十字路口——此处好比东京的"百慕大海域"，四下环顾，总有四五个人边打手机边等信号灯——有一幅巨大的万宝路香烟广告牌。我的工作间就在这附近，每次散步都要仰视这广告牌。

现在已变成内置照明式的了，晚间也明晃晃神气活现，但过去仅是一块普通木板，日落天黑时由电灯从下端照上去。如此式样更新，记得也就是一两年前的事。说实话，当时甚为失望。这是因为，我的确非常喜欢往日那块简单朴实的木板式广告。

万宝路男士是宣传万宝路的形象代言人。众所周知，那是个戴一顶帽子的西部牛仔，骑着马，口叼香烟。无须说，叼的香烟不是云斯顿不是骆驼，当然是万宝路。

从正面看（不折不扣是从表参道这边看），分明是一面万宝路牛仔广告牌。可是从后面看去，不过是道奇形怪状的木板墙罢了。这是因为，木板需要支撑，背面不能像前面那样贴个广告画。若想藏匿什么，这广告牌倒是个好地方。

从根津美术馆往青山墓地，即从所谓青山桥那里看去，这万宝路男士广告牌背面的形状煞是赏心悦目。知道的人自然晓得那便是万宝路男士的背影，不知道的人则全然不晓得为何物，直到转去正面才明白过来。我个人是喜欢其背影喜欢得不得了。不知为什么，每次瞧见心里都一阵释然。

而且喜欢的好像不光我一个人。记得和田诚也曾把广告牌的背影画在《文春周刊》的封面上。能在这微不足道的事物上面觅得知音，着实让人欢喜，可谓人生中的一个"小确幸"（小而确实的幸福）。

　　这万宝路木板广告牌原本似乎是美国想出来的，宾夕法尼亚高速公路竖的那块也大同小异，威风凛凛地盘踞在一座灰头土脸的楼顶上。当然啰，人家那块比表参道原来那块还要气度非凡，因为人家那块牌形本身乃是西部牛仔的剪影（不过回想起来，表参道那块过去也是剪影形状的）。

　　从纽约南下费城，路上也可看见——这回见的是正正规规的万宝路广告牌。眼熟的万宝路男士孤独地骑在马上。就是说，这是正面。而离开费城北上途中，看见的则只是云朵那样形状奇特的木板墙。但我一眼就看出它是何物：那是万宝路男士的"atlerego"（第二个自我）。每次目睹都一阵心跳。

　　住在新泽西州的时候，有好几次拉着日本来客沿此路向北行驶。每一次我都手指那块广告板的背影问道："喂，你看那到底是什么广告？"但无一人回答得上，都说"哎呀不知道，看不出来"。驶过后回头看去才恍然大悟：什么呀，原来是那东西啊！而一看广告板后背即准确猜中的只有一位——广告界人士，不愧是同行。

　　不过，即便表参道那块并非"剪影"的万宝路男士对我也有十

是这种感觉吗(水丸)

足的魅力。他总是那么孤独，总是一个人以凄然的神情口叼香烟，总是目不转睛地凝视远方。那种孤独由于他所具有的不可思议的背影而显得更加深沉。

然而从表参道上焕然一新的新万宝路男士身上则找不出那种孤独的面影了，往日的万宝路男士投在表参道和青山大道上的类似奇异光环的什么也已了无踪影。对此我多少有些怅惘，每次走到青山桥那里心里都空落落的：那东西已经没了啊！有形的东西迟早要消失，无形的东西也要消失，剩下来的惟独记忆。

取个笔名就好了

　　这个"村上春树"可不是笔名，是真名实姓。回想之下，我作为作家刚出道那阵子（现在当然也差不许多），被罩在两大光环之下：提起村上即村上龙，提起春树即角川春树[1]，好比三号王四号长

1　前者为日本当代作家，后者为日本著名出版社角川书店的创始人。

岛 [1]。所以有不少人说"作为笔名未免过火了吧？"没什么可躲躲藏藏的，此乃真名实姓！懒得一个个琢磨笔名，就这样好了，如此而已。

不料那以后真正作为小说家混饭吃了，不少时候就深感后悔：糟糕，早知如此弄个笔名就好了！如果诸位当中有哪个日后想当小说家，务请看一下这篇短文作为参考才好。

没笔名最不方便的，不管怎么说都是在诸多公共场合被人叫到自己的名字，因为保不住私密性。

比如在银行窗口就是这样。日本的银行，轮到自己时往往被人大声叫："村上春树——、村上春树——！"自从写小说多少出了名以来，实在觉得难为情。或许我过于敏感，不过的确有好几个人眼盯盯地往自己这边看。

近来我自己不去银行了（也有这方面的原因），而由自家太太或助手前往。问题是虽说有人替代，但一想到被人在窗口叫到名字，还是觉得不好意思。真希望有个别的什么办法。例如递给一个号码牌用号码呼叫。说不定哪里已有银行这么做了。

1　王贞治和长岛茂雄，均为日本著名棒球选手。

近日去附近"交通安全协会"更换驾驶执照，窗口有两个女孩，看看驾驶证，看看我的脸："呃——，村上春树，住所神奈川县……"随即两人对视一下，商量说"怕是同名同姓吧"。我也做出赞同的样子，微笑点头。遇上这样的情形就令人喜上眉梢，一整天乐滋滋的。

答案不可能回回如此。

几年前的夏天脸上多少有点疙疙瘩瘩的，涂了市面上买的药膏也没什么效果，遂去横滨一家皮肤科医院。介绍那家医院的附近一位太太支支吾吾地说："是家不错的医院，只是气氛有点……"

她何以支支吾吾，到那里就全明白了。原来皮肤科和性病科合为一处，两方面的患者就像精盐和胡椒面混在一起一样，把个候诊室挤得水泄不通，从外表根本分不清何人属于何方患者。候诊室往里一点即是诊室，医生的话整个儿听得一清二楚，因为医生的语音极其洪亮，且门扇大敞四开。隐私的检查倒是在布帘里进行的，但声音听得见。

"太太，这是滴虫啊，是您先生从哪里带回来的，回家可得好好敲他一顿！""××君，你还真治好了，很少有人好得这么利索。不过可要长记性哟，往后一旦距离光身子女人两米以内，就火速套

上避孕套。"——人们在候诊室里一边这样听着，一边静等轮到自己。

接下去，护士叫道"村上春树——、村上春树啊——"，我慌忙起身想快些过去，无奈人多拥挤，怎么也前进不得，加上发慌，给什么绊了个跟斗。"村上春树——，村上春树噢——"这护士也是个大嗓门，几乎声嘶力竭。想必这家医院是以嗓门大小录用护士的。走过时大家都直勾勾地看我的脸，真个羞愧难当。

顺便说一句，我脸上的疙瘩不过是剃须刀感染所致，医生看了，显得毫无兴致，临走时对我说："这是刚刚取出来的。你这皮肤特容易长汗疱，不细看看？"于是我用显微镜看了，的确吓我一跳。不过那家医院也相当不同一般。

将来想当作家而又有可能去性病科医院的诸位（估计不在少数），最好取个笔名。我想这是明智之举，虽然也许是我瞎操心。

一天之内也会彻底转变

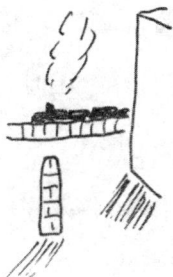

对于什么的看法，以某一件事为转折点，仅在一天之内便彻底转变——这样的时候偶尔也是有的。并不是说动不动就有（动不动就有可要把人累坏的），但在已淡忘的时候自会突然发生一桩。有积极变化，也有消极变化。无须说，积极变化要好得多。

黛娜·华盛顿过去在一首歌中唱道："莫非仅仅一天，一切就大大改变（What a Difference a Day Makes）。"那当然指的是恋爱。

周围光景因恋爱而大大改观，想必多数人都有此亲身体验。甚至太阳的光线、风的感触都会因自己同所爱异性心心相通而变得与昨天截然有别……

倒是跟恋爱无关，以前旅居意大利的时候，附近偶然举办画家基里科[1]类似回顾展那样的画展，为消磨时间就一忽儿跑去看了。没怎么满怀期待。关于基里科，我只晓得几幅带有表现主义意味的作品，例如女孩拖着长长的身影在街上遛铁环和圆锥形球形等形状的奇异人物之类。老实说，没有多大兴致。晚年堕入模式化，人们批评甚至嘲笑他"自己复制自己，搞批量生产"。

展览会场空空荡荡（俨然基里科画中的街道），观众寥寥无几，而画幅则多得令人吃惊。

从结论上说，基里科的画比预想的有趣。从习作期至展现独立风格的成长期和终于自成一体的成熟期，一直到出人头地的稳定的高潮期，以及受到"自我复制"批评的时期，一应俱全。画幅按时期排列，循此可以通览基里科的一生。一幅幅观看之间，我产生了

1　意大利画家（1888—1979）。

基里科不错呀(水丸)

一种感动之情。他是何等孜孜不倦地努力确立自家风格、取得成功，又继续创新反复摸索到人生最后一刻的啊——他一步一个脚印的感人记录就在眼前。

不错，晚年或许有些模式化。一如塞隆纽斯·蒙克[1]的钢琴，在完成过于突出的独立风格之后，往下已很难再有突破了。可是仔细看他的画，不难看出他并未躺在那上面睡大觉。

我再次心想，真品所具有的分量同画册上看到的确有很大不同。其中有一个人一生的艰难历程。我不由为根据世间一般评论而对基里科不以为然的自己感到羞愧。以往我所目睹的，不过是他留下的浩瀚作品中微乎其微的一部分，且是复制品而已。无论绘画还是音乐，或许由于我们平时被太多的复制品所包围，以致我们会在不知不觉之间漠视了"实物"特有的粗犷、遒劲和厚重。

离开美术馆时我这样想了许多。自那以来我就成了基里科迷。当时身上发生的"有什么霍地翻了个儿"的类似伤筋动骨的感觉至今仍在体内。虽说没有恋爱那般激动，但有这样的一天，我觉

1　美国爵士乐钢琴家、作曲家（1920—1982）。

得好像占了个便宜。

另外——以前也曾写过——我自身也有个"某一日"：一日动了写小说的念头。那时的事我记得分外清楚。光照、风声、四周的声籁，一切历历如昨。当时我脑海里突然有什么耀眼地一闪，于是心生一念：对了，这就写小说！或者不如说我认识到了："我能写小说！"至于具体契机或根据什么的，全然无从谈起，纯属心血来潮。

大约一年后，我写的那篇小说《且听风吟》得了文艺刊物的新人奖，勉强成了被称为作家的人物。而在自己的意识中，我完全是在那一日的神宫球场外场席上成为作家的。What a diffrence a day makes.

如今回头看去，我想在原理上那大概同坠入情网是一回事。那种脊背触电般的感觉绝对只能是命中注定的一见钟情。唔，那东西委实不坏。

开心的意大利车

　　我是老大不小了才拿的驾驶执照，当时住在罗马。所以，我是作为彻头彻尾的初学者在罗马街头学到大半开车规则和技术的。事后想来，可谓"瞎子不怕蛇"，很有些后怕。但当时不以为意，顺水推舟地"吱溜溜"开了起来。倒吸一口凉气的时候并非没有，所幸没出事故。

　　日本有不少人惟独在罗马不愿意开车，可我觉得罗马人开车并不那么差劲儿。乍看上去他们开车似乎横行霸道一意孤行，但细看之下他们自有他们的规则，大家基本上是尊重规则的。只要如法炮制，一般没什么好怕的。有句话说"在罗马就要像罗马人"，的确如此。

罗马人规则的根本，我想还是在于"表情"。例如在不知所措的时候，就要迅速看一眼对面开车人的表情。一看眼睛，即可大体知晓自己何去何从。看不见对方表情时，就看其车体动作。这也可以看出名堂。车头鼻尖的震颤分明告诉你可还是不可。听起来像是说谎，其实开上一段时间，自然了然于心。

作为我，莫如说返回东京后倒怕开车怕得不行。因为根本看不出日本开车人的和车的表情，全然闹不明白周围的车究竟在想什么。这个绝对可怕，甚至觉得恐怖。但时过不久，也就逐渐习惯了这种社会运作方式，我也沦为东京城铺天盖地的面无表情的开车人中的一分子。是有点遗憾，毕竟特意接受了一场宝贵的意大利式驾驶训练。

在《远方的鼓声》[1]那本书里也写到了，我在罗马买的是
LANCIA DELTA 1600 GT。这个完全是看外形买的。DELTA 以超级
赛车式的外形设计闻名，日本也常可见到。外形本身绝对是没有造
作的挡泥板的标准形漂亮，简洁秀逸的设计确乎出手不凡。

性能方面没有出众之处，或者不如坦言多少存在问题。超过
一百二十公里之后，方向盘就"咯哒咯哒"发颤，手稍稍离开方向盘，
车轮就"突突突"一连声地划出弧形往左拐弯（东名高速公路有一
段长弯道，同这弧形正相吻合，我常向别人吹嘘一番）。空调只是
冒白气，几乎不起作用。不仅没有动力转向装置，方向盘还重得出奇。
所以纵向停车时真想托付给阿诺德·施瓦辛格。车内的塑料气味浓
得让人发疯，负重噪音响个不停。很难换挡，一换就摇摇晃晃的。

不过车的确让人开心。我一点也不后悔把它作为人生第一辆车
买下来，甚至觉得是个莫大幸运。为什么这么说呢？因为此车有表
情。说得通俗些，是一部"让人一眼就能看出正在想什么"的车。
这样的车是很难遇上的。世上好车数不胜数，而表情栩栩如生的车

1　村上春树的意大利、希腊旅行记。

各种各样的意大利车（据1963年的资料）

则难得一见。

不错，是开不出速度。可我觉得较之一声不响地昏昏然开一百二十公里的梅赛德斯－奔驰，还是此车开八十公里更有刺激性。一踩油门，时速仪的指针"砰"地一跃而起，引擎"突突突"发出悦耳的声响。夸张的风驰电掣之声。俨然自己成了赛车手。噢嗬嗬嗬……不料一看才八十公里。总之先声夺人。固然自觉傻气，但到了这个地步，到底移情过去了。

移情之后，回国时把这车带回了日本。但最终还是撒手了。在日本无论如何受用不了。一个热不可耐的夏天午后，在外苑西大街白金那里要停车时，脑袋突然短路，一片空白（有旧意大利车型的人想必明白这个感觉）。于是卖给了熟人。当时心想，以后再不买什么意大利车了！

不过还是买了。尽管我家太太说我犯傻，我还是买了一辆意大利车。"突突突……"到底让人开心。

♡假话的心脏：在轮流听着挪威语版和日语版（王者）"沙滩男孩"歌曲集 CD 的时间里，夏日转身离去，不坏不坏。

日本公寓暨情人旅馆
名称大奖揭晓了

春　树　这回是增刊，就改变一下气氛，现场直播。日前小伙计五十岚向主编苦苦哀求，特别讨得四页版面——尽管被骂得一塌糊涂——篇幅绰绰有余。

小伙计　的确不是滋味。总编说，就算给了版面，还不是满纸胡说八道……

春　树　好了好了，干得不错。这样，这回的现场直播本打算在芝[1]那里的"新月"特别单间边吃法国料理边谈，弄得优雅一点，但由于经费的关系，改由水丸在青山的事务所奉送。不过你这小伙计也够乖觉的，买了啤酒零食带来，大有长进嘛！

小伙计　这奶酪是在纪之国屋买的，贵着哩！也不知能否顺利报销。这圣女果是天然……

春　树　晓得了晓得了，谢谢。对了，水丸今年夏天得了好厉害的口腔炎，够受的吧？

水　丸　是啊，嘴里长了大包包，硬给火辣辣地切掉了，痛得不得了，害得我瘦了好多。不过没事了，酒也可以照饮不误，咕嘟咕嘟。

春　树　恭喜康复，康复就好！那么开始吧。读者诸君来了很多信和电子邮件，大体按内容分了类。其中关于"公寓和情人旅馆古怪名称"方面的分量相当之大，所以这回把这个归纳一下好了。如此看来，日本全国有许许多多公寓、旅馆被冠以莫名其妙的名称，这就一个个看下去，挑出名称最令人叫绝的，由村上朝日堂专栏献

1　东京的地名、公园名。

上"日本公寓暨情人旅馆名称大奖"。虽说是大奖,但由于经费有限,一没赏品二没奖状。是没有吧?

小伙计 (斩钉截铁地)没有。若有,我还想要呢。

春 树 首先,神户市入佐女士来信说有座公寓名叫"MOTHER'S WOMB",意思是"母亲的子宫"。唔,够新潮的,惊世骇俗。住在这座公寓的人到底长着怎样一副神经呢?入佐女士推测说"感觉上怕是泡在温水游泳池里吧"。这样一来,情景很像《变

形博士》那部电影嘛。不管怎么说都够吓人的。

爱知县栗原女士（32 岁）说她公司附近有座公寓名叫"存在理由第六号"，蛮有哲学意味（笑）。

水　丸　这么说来，无论取名的人还是住的人，好像都没怎么往深处想。

春　树　只能那么认为。否则很难住下去。

从"三越"旅馆出来高中老师

春　树　以前在千驮谷住的时候，我住在一座叫"PRINCE VILLA"[1] 的木结构两层楼公寓里。是当今天皇[2] 结婚时建的，所以取那么一个名字。窄是窄了点，但极有情调，蛮可爱的。如果这么规规矩矩地命名倒也不坏。

水　丸　我过去工作的地方叫"青山モンダジュール"，"モンダジュール"在法语里是"青山"的意思，所以就成了"青山·青

1　意为"王子别墅"。
2　指昭和天皇。

山"。

春　树　有点啰嗦，但讲得通（笑）。不过在公寓名称里边，有许多让人觉得还不如干脆不取名，很想提醒房主重新考虑。例如"siesta¹柏原"就是个问题，让人觉得一到下午就要呼呼睡觉。这一类货色倒是举不胜举的，但因为睡个没完，所以下面就该转到情人旅馆去了，在那里可以变本加厉。

水　丸　这么说来，以前千驮谷有家情人旅馆叫"三越"来着（笑）。上高中时在那一带游逛，偏巧一个高中老师同女人出来，我们对视了一下。

春　树　千驮谷过去曾是男欢女爱一条街，如今给日本棒球联赛吵得一塌糊涂。对了，后来呢？

水　丸　老师反倒狠狠训我一通：别在这种地方东游西逛！

春　树　真是不幸。还有，听说栃木县足利市有家叫"人的关系"的旅馆。光看招牌就会不由自主地陷入沉思，本来能做的事都做不成了。

1　西班牙语，意为"午睡"。

水　丸　人的关系…………

春　树　水丸，别那么沉思了，喂喂，不要紧的。另外，有七个人告诉我京都有一家名叫"将计就计"的情人旅馆。引人瞩目，不同凡响，富有浪漫情调。不过多少让人觉得像中了奸计似的。石川县也有两家同名的旅馆，不知同京都的有无关系。此外，茨城县牛久有家旅馆叫"消磨时光"。

水　丸　嗬，厉害（笑）。

小伙计　消磨时光的偷情。

春　树　很像《黄昏之恋》[1]。不过，人生么，最好还是有点明确目标。看来处于倦怠期的情侣们很可能聚到牛久去，创造出愈发倦怠的气氛。反过来，作为不倦怠的名称，听说第三京滨那里有一家旅馆叫做"甲子园"。这个若在西宫当然无可厚非，而在第三京滨就有点可怕了，差点让人冒汗。时间一到就响铃什么的[2]。

小伙计　可以延长么？再说些什么吧。

1　1957 年拍摄的美国电影。

2　甲子园是位于兵库县西宫市一座体育场的名称，日本一年一度的全国高中棒球联赛在此举行。

甚至有圆周率、角度这种谜一般的名称

水　丸　怕是过去在甲子园上过场的人开的吧?

春　树　昔日甲子园球场健将，今天情人旅馆老板——人家有历史。不赖不赖。不过《朝日新闻》大概不会报道。湘南有家旅馆叫"紫阳花"，但不读作"あじさい"[1]，而读作"しようか"[2]。另外秩父附近有家旅馆叫"那里"。

三　人　哈哈哈（有气无力地笑）。

春　树　湘南够野的了。藤泽有个东进高中预科学校，旁边不远听说有家旅馆叫"45°"，大概指的是角度。过去我在藤泽住的时候，心里也想：搞的什么名堂！不过有情报说，毕竟有学生很晚还聚在附近不散，因此很少看见有人进去。那也难怪。进进出出给学生眼睁睁看着如何受得了。location[3]有根本性错误。

1　"紫阳花"的日语读音。

2　在日语中意为"四碘"（一种化学物质）。

3　意为"位置"。

小伙计　恐怕是资格上非 45°不可吧？做不到不让进……

春　树　呃，是不是呢？既然你那么关心，马上给旅馆打电话问问如何？还有呢，作为即物性的古怪东西，名神高速公路—宫立交桥附近好像有家名叫"л=3.14……"的旅馆。这个不是角度，是圆周率，说不定可以算出直径来。谜。"charmant[1]69"这个名称，也是不知出于什么情由，可气氛有点太露骨了吧。

水　丸　总之情人旅馆这东西，名称要让人看出是情人旅馆才行，要一下子抓住人的目光才行。所以最好多少有些怪异。如同演艺圈的人打扮就要像演艺圈的人，雅库扎[2]就要像雅库扎。

春　树　言之有理，干什么像什么。不过若说只要醒目即可，未免不是滋味，最好多少有点情调。

好像也有另一条路子——名字取得温情脉脉可亲可爱。试举几例："午睡RAKKO[3]（位于福冈。大概不是能够睡觉的地方），"黄

1　法语，意为"迷人的，有魅力的"。

2　在日本原指不务正业者、地痞流氓（"雅""库""扎"原指赌博游戏"三张纸牌"中不能得分的八、九、三这三张牌），一般指黑道成员。

3　阿依努语，意为"海龙"。

色鲸鱼""桃红色大象"（位于京都。请大家注意健康），"妖精忘记的绿色时间"（位于中国[1]公路有马口。嘿嘿嘿嘿……），"3年2组"（位于石川。准备好小道具了吗），"自修室"（位于福冈。人生确有很多东西要学）。

另外还有一些别出心裁的，如："寿司店的邻居"（位于奈良24号国道沿线。倒是容易找，问题是寿司店没有了怎么办），"老地方"（位于石川。碰头方便，但石川县有很多家旅馆），"无人岛"（位于长野小布施。信州的无人岛诚然莫名其妙[2]，但不坏）。小樽市甚至有家旅馆叫"农协"（笑），莫非农民可以优惠？听说石川县有一家叫"萝卜"，路旁竖有画着萝卜的招牌，够意思。

据说三重县有一对旅馆分别叫"风流共和国"和"时尚共和国"。两块牌子，这边"风流"，那边"时尚"。往前一站怕是大伤脑筋，搞不清该进哪边（笑）。

水　丸　是够伤脑筋的。那一来是让人不好判断。我嘛，对了，

1　指日本本州西部的中国地区，冈山、广岛、山口、鸟取、岛根五县。

2　信州即长野县，地处内陆，无岛。

还是去"风流共和国"好了。

春　树　那么我进"时尚共和国"。你可要拿出干劲来，然后……好啦，现在不是开玩笑的场合。

小伙计　我倒还惦记着 45°……

春　树　继续。兵库有家情人旅馆的霓虹灯招牌上写道"ネコまぐれ[1]"。ネコまぐれ？大阪市一位公司职员（本人希望匿名）凑近一看，原来"ネコの気まぐれ[2]"的"の気"熄灭了。看得人晕头转向，赶快维修为好，这东西（笑）。不过，你不觉得这"ネコまぐれ"好像让人进了宫泽贤治[3]的文学世界一样妙不可言？事后点一支烟，自言自语道"啊，今天又这么ネコまぐれ了一回"，一种幸福感就会慢慢沁入心田。作为名称，远比"ネコの気まぐれ"高明得多。

如此这般，本次"村上朝日堂杯日本公寓暨情人旅馆名称大奖"打算授予"ネコまぐれ"先生。虽说是偶然的产物，但这不工而工的意外音韵委实超凡脱俗。了不起。为纪念此番光荣获奖，凡持本

1　意为"猫偶然"。

2　意为"猫的一时冲动"。

3　日本著名诗人、童话作家（1896—1933）。

期《朝日周刊》的朋友均可以七折优惠价享用"ネコまぐれ"——当然纯属谎言。不过，"ネコまぐれ"先生，恭喜获奖了！遗憾的是不知您位于何处。但不管怎样，务请读者朋友日后多多声援"ネコまぐれ"先生。

三　人　呱唧呱唧（鼓掌）。

未遂的心愿

每年盂兰盆节刚过，神宫外苑的环形跑道便有鲜花摆在那里。静悄悄地摆着，大概很少有人注意，而知道为什么摆花的人恐怕就更少了。

八月二十三日是 S&B 食品公司田径部金井丰和谷口伴之两位选手的忌日。一九九〇年的这一天，包括两人在内的五个人在北海道常吕町一场交通事故中遇难。神宫外苑是 S&B 食品队的主要练习场地，他们总是在这条跑道上练习，因此每年一到两人的忌日，这里便有人摆放鲜花。

那时我住在外苑附近，差不多每天早上六点到七点都在神宫跑步，和这两位选手很熟。同服役时期的濑古利彦[1]选手也常见面。因为他们一般都在同一时间里趁上班之前轻松地跑上几圈，一来二去就互相点头致意了。

下雨时便在神宫球场带顶的环形长廊里跑，常在那里碰上高个子的金井选手。每次他都微微一笑，或许是在想"下雨还跑，此人也真够可以的"。

记得在赤坂御所的坡路上有几次同谷口选手擦肩而过。赤坂一侧的那段坡路很窄，错身时的确要擦肩才能过去。那时他也同样微微一笑。还经常看见金井和谷口两人肩并肩很亲热地边聊边跑的情形。两人都毕业于早稻田大学，年龄也相仿。我之所以对两人记得这么清楚，是因为他们看上去都像是好人，尽管没直接交谈过。

1　日本马拉松选手（1956—　）。曾多次获得国际马拉松赛冠军，1988年退役。

仅同两人跑过一次。那时我想写一本关于跑步的书，所以去采访了在冲绳安营集训的爱斯比队。九零年春天的事。在石垣岛住了三天，看他们训练，听濑古教练介绍。濑古问我早上"和大家一起跑步好么"，我说"好啊"，于是跟在后头跑了起来。

当时谷口和金井都是参加定于那年九月举行的亚洲运动会的代表选手，正在反复进行最后的高强度训练。两人还将两年后的巴塞罗那奥运会稳稳地收入射程之内。我仍然记得濑古教练在常吕田径运动场一对一指导谷口选手时的情景。对他们来说或许是家常便饭，可是在我眼里训练相当酷烈。记得是先全力跑一千米，然后慢跑二百米，喘口气再全力跑一千米，如此循环反复。稍一多花时间，教练便骂出口来。谷口一边淌着——或咽回——涎水，一边在空无一人的运动场上默默地奔跑不止。

几个月后听到谷口和金井两位选手遇难的消息时，我首先想起的就是谷口那时的样子，心想他那番辛苦岂不白费了，不由落下泪来。我当然不过是个业余的且是梅级的选手，根本无法跟他们相比。不过——这么说或许有些厚脸皮——他们感觉到的苦乐我在某种程度上也感同身受。无论赛场上还是人生中，壮志未酬就不得不离开

夏天即将过去

这个世界无论如何都是再遗憾不过的事。跑累了的时候，至今我仍那么想。同时还这样想道：再累也没什么，因为至少我现在还能这么跑，还能这么写东西。

最终我没写成那本书。那场悲剧事故之后，在赛跑方面我已经什么都不想写了，只是每日默默地在外苑跑步，很长一段时间里即使来台风也不休息，在风雨中跑个不停。是像傻瓜，可是心情上我没法不那么做。

今年的奥运会男女马拉松，日本上下一片欢腾，我也在电视上看了。日本选手胜出我当然高兴，输了自然遗憾。不过说老实话，对奖牌那东西我没多大兴趣。作为结果的形式诚然十分宝贵，但真正帮助我们生存的则是别的什么。何况，世界上没有哪个人能永远只胜不败。

亚特兰大沿路还在起劲地挥舞着太阳旗，而我的心已经蓦然离开电视场面，朝着决不会出现在荧屏上的那个未遂心愿的世界移去。

两片连放的确不错

看新电影时，我总是乘电车去电影院自己掏钱买票看，一般不参加试映招待会。

从前有一段时间曾在杂志上写影评什么的，那时候倒时不时跑去参加试映招待会。大概十几年前吧，发生了一件同某电影发行公司有关的不愉快的事，于是决心此后概不参加试映招待会。我这人较有耐性，很少生气，但真的生起气来就很难忘记。一旦下定决心，就像神经质的灯塔守护人那样坚守到底。这么着，试映招待会就跟我无缘了。光一回想都心生不快，懒得一一交待来龙去脉。

参加试映招待会那一时期，时常在会场看见田中小实昌[1]君。近来不知怎么样了，反正当时一到夏天田中君总是穿一条短裤。但会场放冷气，穿短裤太冷，所以进场前他要找地方换穿长裤。电影放完时又在哪里穿回短裤，优雅地一摇一摆消失在街头。

一次一家出版社在银座一丁目名叫"吉兆"的高级饭店请他吃饭，他也照样身穿短裤脚登运动鞋前往，结果在门口被女店员客气地挡住："对不起，恕不接待穿短裤的客人。"他本想发脾气说难道你这里的菜肴高级得非穿长裤才能吃不成，但由于担心对方来一句"是的是那样的"致使自己无言以对，只好作罢，当场掏出一条长裤套在短裤外面。

"如何，这可以了吧？"女店员目瞪口呆地应道："可以，请请。"我想这是能够以相当高的概率断言的——在"吉兆"门厅从皮包里掏出长裤穿上的人不至于数量很多。或许是我少见多怪，抱歉抱歉。

1　日本小说家、翻译家（1925—2002）。

闲话休提，接着谈电影。

去电影院看电影就是开心。座位空时更开心。若门可罗雀，简直美上天了。两片连放也让人欢喜。两部影片之间的休息时间无所事事的空落感也很不坏。学生时代曾在间休时一边啃着从书包里掏出的面包一边看陀思妥耶夫斯基的《死屋手记》，实在惬意得很。看罢无论如何都不能称为名作的两部影片走上街头时那无可名状的倦怠感，就好像熟透的硕果让人爱不释手一样。

相反不怎么喜欢的是近来东京城那种带有艺术片"轮替制"意

味的煞有介事的电影院。虽说不是全部，但有的地方的确让人觉得别扭，就像身穿棱角过于分明的衬衫。间休时放唱布赖恩·伊诺，听得人食欲大减。倒不是对布赖恩有什么不满。

还有，在那种电影院里，电影放完后观众也不离座而定睛注视片尾演职员表，这也叫我相当发怵。我一到正片放完出现字幕就即刻起身出门——结果不时招来白眼。至于助理摄影助理导演是谁，演员顾问是谁，对不起，我毫无兴趣，我可不想看那玩意儿消耗时间。迄今为止在很多国家的电影院看了很多电影，观众如此专心致志地盯视片尾字幕的国家惟有日本。有的电影院更厉害，甚至关门上锁，不看完字幕不放你出去，可怕啊可怕。

到底从什么时候起、以什么为契机使得如此郑重其事的"注视片尾字幕"的做法席卷全国——或者说被大家所认同——的呢？我可是有所不知（莫非和冷战结束有什么关系）。总之这种学习班式的气氛让我心里不释然。当然，这个世界并不是以让我释然为目的而存在的，这点我非常非常清楚。

旅行的伙伴　人生的伴侣

旅行带什么书，这大概是东西方共同的古典式烦恼。当然，每个人阅读倾向不同，旅行目的、日程和去处不同，因而选书基准也不同，所以很难得出一般性结论。不过，倘若你有一本适用于任何时候任何旅行的万能书，那么人生将在很大程度上快活起来。

对我来说，那便是中央公论社出的《契诃夫全集》。为什么说《契诃夫全集》是最适合旅行时携带的读物呢？其缘由至少对于我是相当明确的：

(1) 多为短篇小说，容易中断。

(2) 篇篇够档次，几无破绽。

(3) 引人入胜，笔致洒脱。

(4) 内容丰富，文字清香四溢。

(5) 大小合适，重量适中，硬皮，不易折。

(6) 任何人看见书名都会心想"既然看契诃夫，总不至于是坏人"。尽管这是拾外快。

(7) 这点相当重要：百看不厌，每看一次都有小小的新发现。

如此这般，我大凡出门旅行，可以说次次都把这《契诃夫全集》中的一册放进包里，迄今为止一次也没后悔过。惟一的问题是看完后犹豫着该不该带回（一般都丢在那儿了）。

同是中央公论社出版拙译《雷蒙德·卡佛全集》时，我请求说："如果可以的话，大小和样式和《契诃夫全集》一样可好？"我便是如此的中意《契诃夫全集》。如此说来，雷蒙德·卡佛最推崇的作家也是契诃夫。那时没觉察到，这恐怕也是某种因缘。

　　还有的书虽不能带去旅行，但值得一生反复阅读。对我而言，那便是司各特·菲茨杰拉德的《了不起的盖茨比》。话虽这么说，从头重读的时候却是极少的，大多时候兴之所至地翻开喜欢的一页，专心看上几天。情节早在脑袋里了，从哪里开始读和读多少都不成问题。或者不如说这样的阅读方式可以让人奇异地发现从头阅读时往往看漏的地方。不用说，此种阅读方式只限于讲究辞章的精密度高的作品，而且其中须有个人思考。

　　对于以名编辑而为人所知的马克斯维尔·帕金斯来说，那就是托尔斯泰的《战争与和平》。他一遍又一遍阅读这部小说，从中汲取人生营养、勇气和智慧。办公室里总是放几本《战争与和平》，有谁来时便送出一本。菲茨杰拉德、海明威和托马斯·沃尔夫都得到过一本。

　　说起来有些相似，以前我去《纽约客》一位编辑的办公室时，见到他桌后书架上摆了半打谷崎润一郎[1]《细雪》的英译本。我问他

1　日本现代著名的唯美主义作家（1886—1965）。《细雪》是他的代表作之一，描写日本关西的上流社会。

村上朝日堂问答

哪个作家的话是正确的？正确的划〇

三岛由纪夫：春雪像人生一样淡

寺山修司

二叶亭四迷：哪里，乌冬面再好不过

泉镜花：我讨厌狗

剑比笔厉害

柴田炼三郎

丢开书，上街去

来块黄玉

村上龙

太郎拜托了

冈本加能子

看见蒂罗尔了

河童不笑

横光利一

芥川龙之介

刺青很痛

山是绿的

村上春树：中央公论社的《契诃夫全集》适合旅行携带

谷崎润一郎

直木三十五

"同样的书为什么有好几本呢？""为了让来这里人的发问嘛！"他微笑道，"那一来我就可以介绍这是一本多么好的书，并送一本给有兴趣的人。你也想要？"

不不，我笑着说，家里有一本日文的。

"噢，对了，你是日本人啊！"

拥有一本能够不断打开自己心扉的书的人是幸福的。在漫长的岁月中，有还是没有如此宝贵的人生伴侣，人的心情应该有很大差异。

　　近日我在美国书店搞到一本装帧漂亮的硬皮《了不起的盖茨比》。似乎是原版重印，纸质和印刷都好。内容当然同过去有的几本毫无二致，可是手感很妙，我兴奋得一有时间就忍不住拿在手中"啪啦啪啦"翻动书页。如果翻译水平再提高些，迟早自己动手来译——这是我久已有之的心愿。前程遥遥，为时尚早。或者不如说有了心愿反而令人却步。

　　♡假话的心脏：整理抽屉时，见到一件整个夏天一次也没穿的 T 恤。胸口一阵作痛，明年一定穿。

投诉信的写法

当小说家之前，我开了七八年饮食店，所以常看杂志上类似"饮食店酷评"的文章，每觉感同身受，不敢认为事不关己。

作为小说家也会在文学评论中受到批评。自己毕竟算是职业写手，若想反驳对方的说法，是可以找地方反驳的。原则上我本人不一一反驳，但在结果上还是可以通过"不予反驳"表现出自己的一个姿态。

可普通拉面馆的老伯即使想反驳也压根儿反驳不了。哪怕杂志和书上把自己贬得一无是处，大多数情况下也只能听之任之，由着人家拳打脚踢。我想这很可怜，也不公正。

当然世上糟糕餐馆也是有的，恨不得高声怒骂："居然用这么难咽的东西赚钱！""花那么多钱服务居然这么差劲儿！"此乃不容否认的事实。去那样的餐馆理所当然要气破肚皮。可我不想因此而把那种事写成文章，实际也没写。因为以我个人感觉来说那终究是不公正的行为。至于其他人的个人感觉如何，我不愿意这个那个多嘴多舌。

那么，如果要问气恼的时候如何是好——我猜想世上多数人都是这样的——首先是向身边的亲朋故友不管三七二十一大讲特讲餐馆的坏话，诸如在哪里哪里的餐馆"吃了难吃的东西"或"受到无礼对待"等等。然而大家听了我的话只是大笑不止（我绘声绘色妙趣横生的说法也有问题），丝毫不予同情。所以，这对我自身的心理平衡看来不起什么作用。

有时也给那家餐馆写投诉信。虽说我这人笔头再懒不过，但惟独这手投诉信写得又快又好，而且马上寄出。不过总的说来，不寄出

他说不能付钱

瞧这虾，只三厘米！

对不起

在荞麦面馆因天妇罗牛肉饭里的虾太小而发牢骚的出租车驾驶员

的更多。因为几小时抓耳挠腮写投诉信的时间里，自己所感觉的愤怒或不满已经暂且烟消云散了。尤其写罢过去两三天，往往嫌寄信麻烦，索性不寄拉倒。所以，抽屉里堆着好几封没寄出的投诉信，哪一封都写得甚是卖力，如果可能真想介绍一两封，遗憾的是版面有限。

最近写的一封是投诉东京一家有名的法国餐馆的。价格昂贵，一年顶多去吃一两回，只有在打算好好招待贵客的时候才去。无论菜肴的味道还是点的葡萄酒抑或服务态度，迄今从未失望过。不光是这方面无可挑剔，还可感觉出其中一副让客人吃好喝好的"热心肠"。被我领去的客人个个心满意足。价格诚然高，但我认为值得。

不料这回砸了。味道且不说，服务是一塌糊涂。带去的客人（以色列来的，那天是她生日。上次领到这里来时，她高兴得什么似的）也大发雷霆，我也极其不快。说话粗俗，上菜顺序颠三倒四，态度傲慢无礼。虽说我和她均非美食家，但好的餐馆是什么样子还是大体晓得的。吃了一肚气，出门后又另找地方喝了一个小时。

第二天认认真真写了封投诉信。

好的投诉信的写法自有其诀窍。第一个诀窍，要七分夸三分贬。一味贬到底，自己的真意传达不到对方那里。主旨最好这样："贵餐馆有如此出类拔萃之处，然此番实感惋惜。"第二个诀窍，要注意别没完没了地纠缠细节，别婆婆妈妈地说某某如何如何、因而如何如何，而要尽可能简明扼要地写出自己最想说的事，即投诉的核心。

我便是依照这样的原则整整用了上午两个小时写了一封投诉信，但终究没有寄出。一如往常，一旦写完要写的东西，就怎么都无所谓了。

不过，我想我大概再不会走进那家餐馆了。菜肴够味儿，情调也好，实在遗憾。那家餐馆的名字……想写却不能写真叫人难受啊，唔。

※ 卷末收录了实际写过的这封投诉信，有兴趣不妨一读。

永远一成不变的东西

写起这随笔来，一次把过去写过的又写了一遍，结果有读者指出"那个以前看过了"。没有相当特殊的情况我不会看自己过去写的东西，加之记忆力原本就有盲点，所以偶有这样的失误，抱歉抱歉。并非炒冷饭，纯属健忘，敬请海涵。

不过这回倒是相反，想把几件过去在哪篇随笔里写过的重新写一回。作为我（作为不太有堂堂正论的我）也曾相当认真地向世人

大声诉说过，但毫无效果，只好在此声泪俱下地复述一遍，虽说不
是什么大不了的主张。

(1) 希望杂志标题正确使用 VS.。

譬如一天我和麦当娜为某杂志搞了个对谈。谈得十分融洽，简
直情投意合，最后微笑着握手告别。不料杂志刊出的对谈标题却是"麦
当娜 VS. 村上春树"。这明显是 VS. 的误用。因为 VS. 只限于"A 与
B 一决雌雄"时使用。语感相当强烈，大多用于诉讼（有一部表现离
婚诉讼的电影叫《克莱默夫妇》[1] 吧）和拳击比赛，用于并非吵架的
对谈甚是罕见。麦当娜小姐知道了怕也花容失色。以前曾在哪里郑重
地写过，无奈人微言轻，至今仍可见到有许多杂志继续滥用，令人遗憾。
如果你说那种事怎么都无所谓，那倒也无所谓。

（2）在收款台算账为五千二百三十五日元，为了不找零而正
好交出五千二百三十五日元，对方却说"先收您五千二百三十五日

---

1 美国电影。获第 53 届奥斯卡最佳影片奖。

元"——希望再别这么说。

是这样的吧？说完"先收您一万日元"再说"找还您四千七百六十五日元"而递过余额才是正确的。什么都不用找了却说"先收您"岂非有点莫名其妙？或许出于客气，但逻辑不通。既然先收下，那么就得归还。还有人说"找还您发票"，这个也不合情理，让人觉得别扭，就像用棒球棍接网球发球似的。或许是我吹毛求疵，反正我认为有语病。希望努力改正。依我的记忆，十年前应该没谁这么说话。

（3）清除交通标语

我迫切希望公路上泛滥成灾的傻瓜标语适可而止。"目标：交通事故死亡率０！"——这巨大的横幅到底是什么人为了什么而张挂的呢？难道当警察的人果真相信世上有很多——或者有几个——开车人会看了这东西而在心里发誓一定安全驾驶不成？说到底，一切不过是为了有关部门方便的廉价的自我满足罢了。我可以站在这里断言：那东西有损国土美观，麻痹语感，纯属无效劳动！相比之下，莫如把切实有用的路况信息一目了然地表示出来，这才对交通安全

大有作用。"清除交通标语，有谁会觉得不方便呢？"

进一步说来，假如能够把交通标语以外的一般标语也一起赶出这个世界，那可是谢天谢地。我不认为我这个人对自己的事情格外敏感，不过的确有时候对于那种践踏人们神经的七五调[1]街头暴力性交通标语感到忍无可忍。近来看见一条标语说"多一分爱心少一份

1　和歌（日本传统诗歌）的用语。和歌上句七音，下句五音。

垃圾＂，说的倒是百分之百正确……算了，不再说了。

以上三点是我小小的＂（老大不小的）青年之见＂。说是说了，不过反正还是等于没说吧。

♡假话的心脏：在轻井泽发现这样一条标语：＂撵出不如堵住＂。细想之下，大概是针对＂暴力团＂的，说的是。

"牛也知道的……"

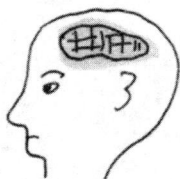

　　有件事像鱼钩一样钩在我脑袋的一个角落，怎么也摘不下来。本来不想记住，偏偏忘不了。

　　很早以前有一支名叫 The Cowsills 的美国流行乐队，记得是由 Cowsill 一家组成的家庭乐队。广播里宣传乐队推出的新曲时，有句广告词叫"牛也知道的 Cowsills"。我听了，心想真个俗不可耐。那还是上高中时的事，但至今仍牢记不忘，每次在哪里看见牛都要嘟囔一句"牛也知道的 Cowsills"，从而陷入自我厌恶之中。何况，我本来就一点也不喜欢那支乐队。

另外，一九七六年秋苏联空军贝伦科中尉驾驶最尖端的米格 25 逃到北海道，轰动一时，记得？有条报道说当时札幌一家裸体舞剧场的色情广告上写道："贝伦科中尉也得乖乖就范。"看得我很是反胃，岂不太无聊了！

却不知为何，这个也牢牢记住了，横竖挥之不去。一九七六年那年发生的事情中，最为记忆犹新的就是这句"贝伦科中尉也得乖乖就范"。历史的凝缩作用委实不可思议。

将来我若在哪里被外星人逮住掀开天灵盖把里面的信息全部取出逐一查看，我可是老大不情愿的，因为"牛也知道的 Cowsills"和"贝伦科中尉也得乖乖就范"这类无可救药的垃圾记忆势必接二连三地从里面出来（别的还有很多很多），届时我就算脸皮再厚也要羞得无地自容，全地球人的智商都将受到怀疑。

回想起来，贝伦科中尉亡命的一九七六年发生了很多很多事，

有蒙特利尔奥运会，科马内齐[1]大出风头，吉米·卡特当选美国总统。

还有，几乎与贝伦科中尉事件同时，美国犹他州一个叫加里·吉尔莫的抢劫杀人犯主动要求枪毙，成为全球新闻。吉尔莫是个有智慧和有艺术才华的暴力罪犯，具有吸引人的奇特魅力，甚至上过《纽约周报》封面。诺曼·梅勒[2]采访加里后写了一本名叫《刽子手之歌》的纪实性长篇小说，成为畅销书，得了普利策奖。那个事件我记得相当清楚，梅勒的书也粗略看了（评价虽高但意思不大）。

死刑执行后大约过了二十年，他的弟弟米卡尔·吉尔莫以书的形式将自己迄今埋在心里的所有事实公之于世。加里·吉尔莫何以为了一点点钱杀死两个无辜者呢？读来实在令人深思。其中有令人战栗而又沉痛的家庭故事，米卡尔需要如此漫长的岁月才决心或者说才能够讲出所有真相。

这本《杀手悲歌》（文艺春秋版，拙译）在诸多意义上都是一本令人不寒而栗的书。吉尔莫一家无疑是笼罩在某种宿怨之中。那

1　罗马尼亚著名的女子体操选手。

2　美国作家（1923— ）。著有《裸者与死者》等。

是贯穿美国的奇异的历史、从父母双方的血管中流进来的"恶"。然而真正可怕的无论如何都是活生生的人。死魂灵的形体固然恐怖，但那终究不过是活人的精神创伤（trauma）的反映罢了。归根结底，加里只有以暴力抹杀自己，方能从其精神创伤即死魂灵控制的世界中解脱出来，而活下来的作者米卡尔则试图通过不生育让宿怨的血统根绝于自己这代。但是，在那里等待着他的是好多次令人目瞪口呆的天翻地覆。

我并不喜欢在这样的场合宣传自己翻译的书。不过这确是一本较为本色的书，就介绍了几句，希望能有更多的人读到。可怕固然可怕，但能学到很多东西——父母为什么要那样伤害孩子、把孩子逼到无可挽回的地步……

在近两年的翻译时间里，我不知有多少次在心里为可怜的吉尔莫一家所有的人流泪。至少对我来说，那样的书是为数不多的。

村上也烦恼多多

上次就笔名写了种种烦恼，这次写写"被人打招呼"的麻烦。

我漫无目的地在街上摇摇晃晃散步，或者坐电车，或者在哪一带的餐馆吃鳗鱼盖浇饭……总之过的是普普通通自由自在的生活。因此，在个人生活方面想尽量默默无闻，并以这个基本方针处理工作。所以，不曾上电视、广播，不曾——除非有特殊原因——在人前露面，顶多偶尔在杂志上刊登照片。曝光度我想是相当低的了。

尽管如此，在街上行走时还是偶然有人打招呼："对不起，是村上君吧？"一个月大体有一两回。正吃饭时突然有人打招呼，弄得我心情紧张，不知吃的东西什么滋味，甚至竹和梅[1]的区别都稀里糊涂了。不是开玩笑。所以么，务请对默默进食当中的村上网开一面。

"怎么知道是我呢？"有时候我这样问向我招呼的人。回答基本是"这个嘛，当然知道喽"，一副理直气壮的样子。嗬，莫非我的脸就那么别有特征不成？

也有好几个年轻女子嗤嗤笑着答道："和水丸画的头像一模一样的么！"一样？没准真的一样。自从上次这连载插图画了我身穿带风帽的大衣之后，每次穿风帽大衣时都神经兮兮。糟糕的是，除了带风帽的大衣我又几乎没别的大衣。这水丸真是捣乱。

给人打招呼最让我难堪的，是我每天早上乘山手线去大崎那家驾驶技术培训站途中，在满员电车上被身旁的人招呼说"是村上春树君吧，常看你的书"的时候。车厢挤得要死，几乎动身不得，我和那小伙子险些鼻尖相碰，想躲也无处可躲。"是么，那可真是……"

---

1 日本常用"竹"、"梅"等名称来区分不同等级的套餐。

如此答罢，再谈不下去了（也不可能谈下去，那种场合）。周围人左一眼右一眼地打量，又紧张又害羞，简直汗流浃背。无奈，只好在前一站五反田站下车了事。结果没赶上道路练习，狼狈透了。所以，就算在满员电车上见到村上模样的人，也请不要打招呼，发发慈悲，求你了。

老实说，在电车中给人打招呼此外还有。那是个夜晚，车厢里空空荡荡。一位非常可爱的年轻女士大踏步朝我走来，笑容可掬地说："村上春树吧，我很早以前就是村上迷了。"得得。于是我赶紧道谢。"我么，最中意您第一本小说，"她说。"噢，是吗？"我应道。"那以后的么，就一点点差劲儿起来了。"她直言快语。

啊，那……那怕是那样的吧。不过么……

一位同行每次在街上被人问"是××君吧"，他都斩钉截铁地当即应道"不，不是，我不是××"。可我无法装到那个地步。何况，当面说谎无论如何都不是滋味（小说里倒是谎话连篇）。这么着，即使调整心态决心下次装糊涂，可一旦冷不防问到头上，也还是不得不老实认账。这以前只有两次断然扯谎说"不是"，但那

时有必须那么做的足够理由。对不起。

　　自己说来是不大好——我这个人单独面对面交谈起来也不是个特别风趣的人。既鼓捣不出什么让人开心的名堂，又不能妙语连珠。脑袋都绝对不算好使，真想打开给你看上一眼。

　　我之所以不去大庭广众之下，就是因为结果显而易见——我可不愿意被很多人失望地说"什么呀，那两下子也不怎么样嘛"。人家对我写的东西失望，那是没办法，毕竟是我的工作。但除此之外，如果可能的话，我是不情愿让世人白白失望的。

　　况且，我生性怕见生人。一见生人，脸就像涂了糨糊，变得干巴巴的。再紧张下去，没准会扑到人家身上乱咬一通……这是开玩笑（也不完全是玩笑），打招呼也不碍事的，真的，嘻嘻。

　　♡假话的心脏：前些日子有人在哪里告诉我"看了您的《廊桥遗梦》"。对不起，那不是村上写的书。

生活在"Obladi,Oblada"地流淌

我喜欢的 REM 乐队、珍珠酱乐队（Pearl Jam）、雪儿·克罗 (Sherly Crow)、苏珊·薇格、约翰·麦伦坎普（John Mellencamp）等的新曲连连推出，让我近来天天过得心神荡漾。是不错，是让人放松，到底推出来了。无论过去还是现在，基本上我还是喜欢这种简洁明快一拍即合的美国摇滚。混混与自大狂乐队（Hoots & The Blowfish）我也喜欢。一段时期英国音乐占了上风，年轻人一本正

经地问："哦，英国也有摇滚？"……嗯，有啊。

以甲壳虫为主的"利物浦摇滚"（Liverpool Sound）之类接连登场的时候，我正在上高中，已经接受了美国摇滚和现代爵士乐火辣辣的洗礼，因而对赶潮流颇不以为然："哦，英国也有摇滚？"说实话，对甲壳虫和滚石我心里也总有些隔阂感。克里登斯和大门有的地方倒很合我个人口味。

当然，从实时（real time）上说，对甲壳虫和滚石的音乐我是一直听的，但真正听出味道则是近七八年的事。在希腊一座岛上生活的时候，无缘无故突然想听甲壳虫，没完没了地听。所以，一听《白色专辑》，眼前至今仍浮现出希腊那片秋日午后空无人影的海岸。远处传来波涛声，晴朗的天空无遮无拦，云片白得简直像刚刚切下来一样，松林的气息荡漾开来。细想之下，由《白色专辑》到希腊海岸这一联想方式也真够奇妙的了。

不过，提起《白色专辑》，记得过去在哪里看到的译成日语的 *Obladi,Oblada* 的歌词里有一句为"生活在乳罩上流淌"。嗬嗬，这歌词也太超现实主义了，心想不愧是约翰·列侬（其实是保罗·麦卡特尼）。细细听来，原来是这样的：

Obladi, Oblada,

Life goes on[1], blah!

应该不会错。即使从意思上说，这里的 blah 也不至于是 brassiere（乳罩）的 bra，而应该是作为呼唤声的 "blah！" 才对。不过这个也罢，"生活在乳罩上流淌" 这一影像的确有趣得很，倒是很合我意。当然啰，合我意也解决不了什么。

再谈一下内裤。一大早（现在是早上）就谈这个是够难为情的，不过最近出的布赖恩·亚当斯的 CD 里边有一支歌叫 "我想当你的三角裤 (I Wanna Be Your Underwear)"，歌词是我近来所听歌曲中最不像话的。每次听到，我都深有感慨：这算什么呀？这！

"我想当你床上的床单 / 我想当你剃毛的剃刀 / 我想当你甩开的高跟鞋 / 我想当你涂抹的口红 / 我想当你的三角裤……"

1　此句意为 "生活在流淌"。

　　便是这类直白的、自我强迫式的、挑衅性的词句绵绵罗列开去。唔，这不整个儿成了死缠活磨的变态分子了！近来似乎常有此类事件发生，若是给这样的人死死缠住不放，女人岂不有点心惊胆战？我之所以有此感觉，或许是因为我已经成为地道的（我是说比较地道的）成年人市民了。说不定世间也有年轻人觉得："喏喏，这歌词蛮酷的嘛！"那种气氛或许作为一种事实存在于那里。音乐本身我倒是非常喜欢，收在 "18 Til I Die(后生可畏)" 这个名称酷得不得了的 CD 里。可是若真在十八岁那年死了，肯定活得很累。

　　人生如流——有些离题万里了——日前我和"梅花竹下跑步俱乐部"的五个人首次参加接力马拉松赛。早稻田 OB[1] 三人加写真大学 OB 两人，古怪的阵容。场所是横滨的"儿童国"。原定十一点开始，赶到时变为九点。莫名其妙！赞助名单里居然有朝日新闻社。这么着，大家都大骂一同来的小伙计五十岚是"傻瓜""渣滓"，狠狠欺侮他一顿。无奈，一起跟着跑了十公里。我两天前刚从海外旅行回来，时差搞得我四肢很不灵便（辩解），第一次输给了副会长摄影师。头筹不消说是被惟一体育行业出身的谷口君（会员编号 3 号）拔了。会长我倒数第一。

1　日式英语 Old Boy 之略，老毕业生、老选手。

礼仪背后的东西

日前在东京一家百货商店乘电梯。电梯为坐轮椅的人准备了一个低位专用按钮。这家商店建成没几年，果然无微不至。按钮旁边还有轮椅标志。至此无可挑剔。

不料电梯口有一块牌子，写道："利用轮椅人士请尽可能和陪伴者一同乘电梯。"我看了着实吃了一惊。还不是，电梯里特意为坐轮椅的人准备了专用按钮，却说什么尽可能跟谁一起来，别一个人来！若是这样，一开始不设专用按钮岂不更好？因为若有人陪伴，自然有人代为按钮。既然设了轮椅专用按钮，那么理应创造轮椅利用者能独自快活购物的环境。然而并非如此，致使装置形同虚设。

用不着再强调了——我在任何意义上都不是高尚之人，做了许许多多错事，因此不喜欢举出他人过错指手画脚说三道四，也不具有那样的资格。可是，这家商店的做法到底让我有些费解。

说到底，我感到最为可气的，是这家商店把这轮椅利用者专用电梯按钮仅仅视为一种"流行饰物"。我猜想情况大约是这样：设计人员说："最近社会上流行对这一类弱者的关心，是不是安一个更好些？" "也好。"答应完安上之后，却又担心起来，暗想如果真有人坐轮椅来店，说实话可是够麻烦的，于是弄出这样的牌子来了。

不过写这东西的人也有问题——就没察觉这么冷淡的措词会严重伤害腿不方便之人的自尊心？还有，商店员工就没有一个人对公然张贴如此麻木不仁的文字一事提出异议，问一句："是否合适？"果真如此，那么这家商店管理人员的社会意识恐怕是有不小问题的。

不仅如此，该商店电梯里还穷追猛打似的加了一块牌子，上面

写道："请利用轮椅人士注意，此处明显高出，需请他人帮忙。"

　　译成大白话，大体是说"我们商店地面高高低低的，千万别一个人来"。不像话！设计上把地面弄平不就行了？又不是什么难事！美国普通城市的购物中心一般都这样，日本的一流百货商店怎么会做不到呢？另外，在离停车场电梯最近的地方留出几个残疾人（或高龄老人）专用车位也是世界性常识。然而这东西哪里都不存在。

　　还有——可想而知——在这家商店我从未看见有人单独坐轮椅。

我因为特别喜欢跑步，总是感谢自己每天能用两条腿起劲地奔跑。万一因为什么跑不成了，心里势必难过。所以，对于每天不得不坐轮椅生活的人，我并不觉得全然事不关己。

在国外居住的时候，在街上见到不少坐轮椅的人外出活动。而返回日本后几乎见不到。什么缘故呢？乘那家商店电梯时我算是切实明白过来，原来整个社会都在说："你们别老出来！"

这家百货商店（不止一家，任何百货商店无不如此）的员工态度极其客气，不妨说客气过头了。从说话方式到鞠躬角度全都中规中矩。开门时一进来，一大排员工一齐深深鞠躬，鞠得我有一种俨然某某陛下之感，每每大为折服。惟其如此，目睹礼仪背后的东西时的失落感也就格外强烈。

汉堡的触电式邂逅

　　在女性容貌方面，我几乎没有自己偏爱的类型。倒也不是说怎么都无所谓（当然不可能那样），只是不怎么具有倾向性偏爱。勉强说来，我觉得自己不至于为长相端庄的所谓美人型女子怎么动心。相对说来，还是喜欢多少有点破绽的有个性的脸型——有一种气势美。

　　并且，喜欢也无非迅速扫上一眼，几乎没体验过汹涌澎湃一见倾心的浪漫。总的来说，交谈当中渐渐为其吸引的时候更多一些。

散文化吧？乏味吧？不过嘛，漫长的人生当中也并非没有电光石火般的戏剧性邂逅。准确说来，有过两次。

　　一次是汉堡的妓女。十多年前的事了。那时我为一家杂志去德国采访，其中一项安排，是转一下汉堡的红灯区。实际上我没有轻举妄动（不骗你。也的确没那个时间），只是这里那里参观了一下特殊设施，倾听专业研究的女性有益的介绍。这个倒有趣得很。

　　一天晚上，因为还没到约定的时间，我就走进附近一家电话酒吧，要了杯啤酒。眼前的桌上放有电话机，对面坐着好些女孩——若有合意的，即可打电话邀她去别的房间。我很忙，没那念头，不过要杯啤酒打发时间罢了。

　　这时，我桌上的电话响了，遂拿起听筒。一个女子的声音，讲的是英语："写着十六号那张桌子——可瞧见了？"我瞧了一眼十六号：是位女性。当时我无法置信地被她强烈吸引住了！记得总的说来长相十分一般，没化妆，看不出是妓女。但我在瞧她的第一眼胸口就"怦怦"跳得厉害。我清醒地认识到：是的，这正是自己寻求的女子！我觉得自己好像一下子被捅进深洞里。遗憾的是没有

电话想必是这样的感觉(水丸)

时间。等的人差不多该来了。我用电话跟她简单聊了几句（我傻瓜一样地聊起了慢跑，因为她也喜欢慢走），之后走出酒吧。那以后当然再没见到。

第二次是在东京地铁中。也是十多年前的事了。但并非和那位女性在同一节车厢里实际相遇。一天傍晚，我正手抓车厢吊环呆愣愣地看悬挂的广告，广告照片上一个年轻女模特用铁锤"嘣"一声打在我脑门上。那时也像一口气喝下一大杯啤酒那样屏息敛气：是了，这正是我久寻未得的女子相貌！我仰脸定定地注视那女孩的面孔，傻呆呆地盯视了很久很久，恨不得把她一口吞下去。

至于她是怎样的长相，我却全然记不得了，究竟是什么广告也无从想起。或许当时我该伸手将那广告画一把扯下来带回家才是。因为在过去的人生途中，我几乎没有过那样的激动。不过，毕竟是在满员的地铁车厢内，我很难那么肆无忌惮。那莫名其妙的该诅咒的摩羯座 A 型血拎起铁桶往我熊熊燃烧的本源性冲动上"哗啦啦"大泼冷水。无奈哪！

这两个女性有若干共同之处。第一，她俩的长相我忘得一干二净。受到那般强烈的冲击，如今却怎么都无从记起。第二个共同点，是两人归根结底都不过是模拟性存在。一个是德国的妓女，一个是广告上的摄影模特。虽是实有的人物，却在那里发挥着说到底是假想性的作用。

　　时不时觉得自己体内悄然藏着一个不同于现在的我的"另一个我"。平日也许舒舒服服沉睡不醒，但那"另一个我"和脑袋不开窍的现实中的我不一样，他绝对拥有一个"偏爱的女性"，一旦她进入视野便猛地睁眼醒来，迫不及待地跳将出去。但说到底，作为假想性存在的他只能爱同为假想性的女性。如此一想，觉得事情蛮合乎情理。同时又觉得：合乎情理又如何呢！

不怎么喜欢学校

一位叫吉蒂·哈特的女士写了一本名为《奥斯威辛的少女》的自传（时事通信社版），讲述一对犹太母女如何在纳粹集中营的疯狂迫害下奇迹般地活到战争结束。阅读之间，我在这样的事实面前惟有瞠目结舌而已——属于特定集团之人居然能够如此酷烈、如此有目的有组织地迫害属于另一集团之人。

当时十几岁的少女吉蒂战后回忆起集中营时期，说她最难忍受的是无法上学。对于六年时间里"他们剥夺了我受教育的机会"的愤怒比对其他任何残暴和凌辱都要强烈。

读之，我产生了一个意外：被剥夺受教育机会居然能超过所有种类的痛苦体验而升至仇恨清单的首位！不过细想起来，也有可能那样。我们大多数人生活在和平环境中，以为接受教育是理所当然的事。或者不如说因为其过剩而不无厌烦。可是，假如将初中高中六年教育突然从自己的人生中抽掉，我还真不好推测结果上自己如今会是怎个样子。

如果有不上学也能自学的环境，事情或许还总可以解决。问题是集中营里一不许看书二不准写字，一旦发现有人违规就不由分说当即处死，所以绝对无教育可言。少男少女们在那种密封的场所里学到的，只有哪怕踩着别人肩膀也要多活一天的才智。如此扭曲人的尊严，是和剥夺性命一样的惨无人道的行为。

不过就我来说，几乎从未觉得上学有什么乐趣。倒不是说去学校有多大痛苦，因为去了就能见到同学，只是学习方面喜欢不来。从小学到大学始终如此。不过，我也不想因为不用功而被甩下，所以一般还是学的，成绩也大体过得去。不得已而为之罢了。我通过学校教育学到的最重要一点，就是自己不适合学校教育这个事实。

人生逐渐变得有趣是在走出校门之后。再不用上学了，可以在喜欢的时候以喜欢的方式做喜欢的事情了。再没有比这更美妙的了！每天每日的人生实相才是我最可宝贵的学校。

体育也不例外。上学期间对体育课深恶痛绝，自己没情绪，却要按照老师的命令勉强做运动，几乎同受刑无异。做得勉勉强强，自然做不好。走上社会能够以自己的步调做自己想做的运动之后，才晓得自己是多么渴望运动身体，心想过去实在浪费了许多宝贵时间。

这也可能同我是独生子有关系。往好里说，是独立意识强，往坏里说，是自行其是。一旦自己决定这么干，就非干到自己满意不可，中间若有人指手画脚，往往执意不从。一般说来，较之别人的标准，我更尊重自发性。这种性格倾向终究是不适于在学校学习的，而认识到这一点是离开学校很久以后的事了（对很多事情的认识我都需要比别人多花时间）。不过这或许倒是好事，假如早在学校时就认识到，事态有可能变得更为不幸。

在街上看见学生，时常心想那里边肯定也有不少不适应学校生

活的孩子，他们想必在那里违心地过着难受得几乎窒息的生活。我很理解他们的心情，如果可能（但也不可能），真想从那样的地方把他们解救出来，放飞到广阔的天空中去。

据某报调查，日本人最喜欢的词语中，"努力"占绝对多数。若是我，肯定毫不迟疑地选择"自由"。

请别在更衣室里讲别人坏话

前不久一位女士告诉我，她不时和丈夫一起去的体育馆的女更衣室里贴着这样一张纸："在更衣室里请尽量少讲其他客人的坏话。"她感叹道："特意贴这东西，想必是因为讲别人坏话的人相当多。"很有可能坏话隔着衣柜传到当事人耳里（例如：你不认为某某游泳游得活像海驴？），结果吵得天翻地覆，体育馆方面也为之大伤脑筋。完全可能。不知是幸还是不幸，我没进过女更衣室，详情不得而知。

顺便补充一句，她把此事告诉丈夫后，丈夫说："哦？男的那边可没贴那玩意儿嘛。"那就是了，我也常去体育馆，的确不记得在男更衣室听人讲谁的坏话。

我这人像沙鼠一样活得战战兢兢小心翼翼，尽可能不冒犯世上的女性（或特定的女性），所以打死我也不敢造次说出"看来女性讲别人坏话比男性频繁"这个歧视性结论。男人中常讲别人坏话的人也是有的，对吧？不过一般说来，较之"坏话"，男人似乎更容易"发牢骚"。而女人嘛，总的来说……好了好了，泛泛之论还是免了吧。

听得这件事时，我猛然想到：假如文坛（或者文艺界新闻界等等）还有一点可以表扬的，那便是"在那里讲坏话无男女之分"。在这个意义上，那里全然不存在性别歧视。一视同仁。也许可以说不同凡响、超尘脱俗——总之绝对没有女更衣室那种习气。

不知何故，往日我开的酒馆里，来的多是文学方面的客人，作家、编辑、评论家，不一而足。因此，那时的第一印象是：这个行当的人真是经常讲别人坏话的啊！至于是因为身在这个行当才开始

讲别人坏话，还是天生喜欢讲别人坏话的人进了这个行当，我无从分辨，就像辨不清鸡和蛋何先何后。

反正就是互相大讲别人坏话。而且主要讲不在那里的人坏话——说白了即背后骂人。前来喝酒的人大部分都不在乎吧台里的人，所以，要里里外外地观察人们的真实嘴脸，再没有比吧台更合适的场所了。

A 和 B 两人喝酒时，AB 互相吹捧，讲不在场的 C 的坏话；而 C 到来时，这回 ABC 一齐讲 D 的坏话。不久 B 不在了，A 和 C 便互相承认，开始讲 B 的坏话，把刚才还在场的人骂得狗血淋头真是易如反掌："那家伙才华缺乏到了可怕的地步，只会拉关系！""像样的东西写不出，找情妇倒有两下子。"起初听得一头雾水，但一来二去，终于明白"这也是一种寒暄话"，要是放在心上可就无论如何都吃不消了。

当然也有不那样的人。有几个人在任何人面前都直言不讳，好就说好，糟就说糟。但这终究属于例外（再说这样的人也有这样的人的问题），大部分都因人因场合魔术般地变换讲话内容，并且那坏话无不讲得辛辣、具体、声情并茂。所以，有很多人一直在这所谓文坛酒吧泡到夜半更深，"想回也回不去"，因为要是回去了，不知接下来会被人说出什么来。那时我深有感慨：好一个可怕的世界啊！做梦都没想到日后自己会进入这样的世界。

后来因偶然机会开始写小说了，很快关门闭店成了职业作家。时间已过去了十五年。现在回想起来，从吧台观望世界那七年的体验，对于作为作家的我来说可谓无可替代的宝贵财富，我从中用身体而不是用脑袋切切实实地学到了各种各样的教训，"被人讲坏话比受到差劲的夸奖更有好处"即是其中之一。被人批评被人讲坏话当然不是开心事，但至少没有受骗。

我们这代人并不那么糟

从前和已故的中上健次[1]先生对谈的时候，先生问我："你是在芦屋和神户长大的，该知道那一带有很多被歧视部落[2]吧？"问得我无以对答，因为十七岁之前我根本不晓得附近存在被歧视部落。

1　日本小说家（1946—1992）。
2　日本江户时期因封建身份制度而遭受歧视之人所住的区域。

我这么一说，先生露出极其惊讶的神色，仿佛在说"你是个傻瓜蛋"（实际上也是傻瓜蛋）。说实话，我的父母也好老师也好同学也好，压根儿没告诉过我部落问题，甚至提都没提过，所以我完全不具备被歧视部落方面的知识，连存在歧视本身都不知晓。

当时我有点犹豫，不知该不该把自己十七岁时得知部落问题的原委讲给中上先生听。最终没有讲。一来讲起来话长，二来没信心讲好。现在也信心不大。实话实说吧，这以前没跟任何人讲起过。不过连载就要结束了，我还是尽力写写看。

那时我在神户的县立高中读书。班上有个相当谈得来的女孩。没怎么意识到男女有别，可以互相开玩笑。上过男女同校的学校的人，想必晓得那种气氛。

一次有个同学（是谁想不起来了）就这女孩说出一个莫名其妙的名字，于是我以为是她过去的绰号，毫无恶意地随手写在教室黑板上。不一会儿，她走进教室，看见黑板上的字，脸色变得铁青铁青，问在场的我是不是我写的。我说是的，她听了当即"哇"一声哭着跑出了教室。到底发生了什么呢？我完全闹不明白。

从那以后，班上的多数女孩子一句话也不跟我说了，有事招呼她们，她们也扭头不理。准确的记不清楚了，估计持续了一个星期。由于完全不明所以，作为我格外痛苦，不知如何是好，简直如坐针毡。但有一天午休时，班上的两个女孩带着僵硬的表情朝我走来，坐在我旁边的椅子上。

"喂，村上君，你可知道你在黑板上写的到底是什么吗？"一个问。

我说根本不知道，并老实说明了情况。

"是吗，"两人相互看看，深深叹息一声，"想来是这么回事。你这个人嘛（笔者注：虽然多少是有问题的），还不至于是干那种坏事的类型。"

接着，两人向我简单讲了神户的部落问题。我在黑板上写的，是神户被歧视部落的一个俗称，而哭鼻子的女孩是那个地区出生的。于是我走到那个女孩跟前道歉："虽说我一无所知，但毕竟是干了件坏事。"她接受了我的道歉，没留下什么隔阂，至少我记忆中是那样。不过坦率地说，我对记忆的细节没多大自信。那个女孩的名字一点都想不起来了，简直就像记忆短路一样。

一开始我就写了，这件事我从未向别人说起，因为那对我是一次沉重的体验，也不太想回忆。之所以说是精神冲击，一个原因在于那时候的我——或许是中上先生为之惊讶的"傻瓜蛋"——还不能充分理解人会为了这种事情而歧视人这一事实。但不仅仅如此，对我来说更大的震动乃是这样一个事实：在这个世界上，任何人都可能在不自觉之间成为加害于人的无意加害者。作为一个作家，至

谢谢你那么喜欢看我的书

这三人是谁呢？

今我仍然对此深深感到悸惧。

不过，每当我想起当时团结起来坚决不跟我说话的班上的女孩子们，即使现在胸口也微微发热。这是我不大愿意回想的那一沉重事件的一个积极侧面。环顾四周，好像有很多人批评和厌恶我们这代人，甚至说"团块"一代[1]走过的地方草都不长。或许真有那种情形，这我承认。但我想我们这代人——纵使世间存在所谓好的一代和坏的一代——并不像大家说的那么糟。

---

1 指日本战后出生高峰期出生的一代人。

赠品（一）旅馆名称再探

上次在夏季增刊号上就情人旅馆（及公寓）匪夷所思的名称扎扎实实搞了个特集，其后又有不少"追加信息"进来，所以再花力气探索了一回。不过这因特网的信息收集能力真个十分了得，转眼之间便汇拢过来了。想必世上有很多很多人把这玩意儿用于更有意义的目的，可我……怎么说呢……

大阪国道1号线旁边有家情人旅馆叫"孟德尔定律"，就是研究豌豆花颜色是否遗传的那个孟德尔[1]？喂喂喂，这种时候别端出这种话题好不好——是这个气氛吧？根据同一位先生告知的信息，从大阪环状线京桥那里可以瞧见一家旅馆，写有"王将"[2]字样的招牌，这怕也是大阪特有的执着。要什么把戏呢？大概浴缸呈将棋子的形状[3]吧？问题是枕边放有将棋盘也够吓人的。

另外，紧挨着荣获大奖的神户"ネコまぐれ"，有家旅馆名为"大猩猩的花束"，而外墙的确趴着一只大猩猩。而且就在旁边，另有一家叫作"金字塔之谜"的旅馆。到底算什么地方呢，那里？我这个神户人心情很有点一言难尽。

对了，关于上次介绍过的藤泽那家情人旅馆"45°"名称的由来，有新信息进来了。正式名称叫"CREATION[4] 45°"（CREATION？），其实指的是旅馆建在45°尖角的楔形地块上。原来如此。五十岚的（我的？）色情推断驴唇不对马嘴。还有，这45°尖端部分有家酒

1　奥地利植物学家（1822—1884）。遗传学的创始人。

2　将棋（日本象棋）的棋子之一，地位相当于中国象棋的将。

3　将棋的棋子为盾形。

4　意为"创造"、"创作"。

吧名叫"déjà-vu"[1]。看来那地方的命名倾向相当有说道。所以，行动程序似乎最好这样：名正言顺的藤泽情侣先在"déjà-vu"酝酿情绪，然后在"45°"确认爱情，出来时被旁边的预校生奚落一通。哪位有时间不妨一试。作为曾在藤泽住过的我倒有些心情复杂。

据来自北九州的信息，当地有两家名叫"胡萝卜"和"莴苣"的旅馆比邻而居。没准是同一人开的。那么下一步情况如何呢？十有八九会有"西红柿"和"黄瓜"出现。不过形象上"黄瓜"肯定不受欢迎。"龙须菜"和"豆芽"估计排不上号。距"胡萝卜"和"莴苣"不远的地方有家名叫"里德"[2]（含义琢磨不透），字体和"里德纸巾"上的一模一样。看来该地段大多同厨房有关。

藤枝有一家叫做"亲戚"。不过弄到这个地步未免太超现实主义了，无法加以评论。继续往下探索。佐贺有家旅馆名为"情投意合"，画有小女孩和小男孩手拉手走路的招牌在市内有好几块。青梅竹马的情侣看了有可能把持不住。

---

1 法语，意为"既视感"、"曾似相识感"（一种记忆错误）。
2 在日语外来语中，这个读音根据不同的语源，有"领导"、"铅"、"歌曲"等多个意思，故作者说含义琢磨不透。

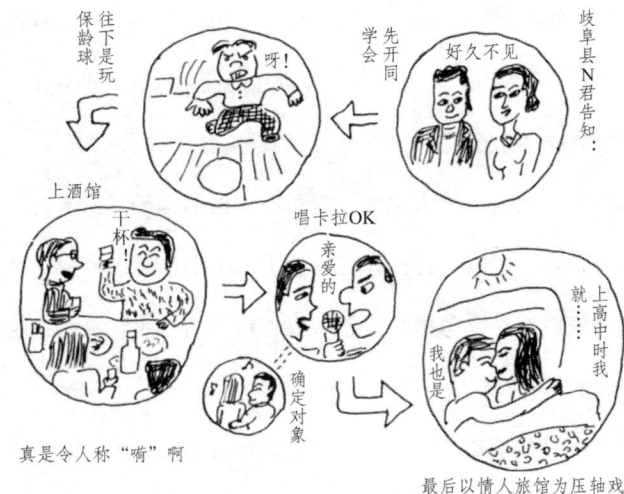

歧阜县 N 君告知："我所在的乡间小镇鲜有娱乐场所，因此每次开同学会，大家都玩保龄球、喝酒、唱卡拉 OK，最后去情人旅馆压轴。无一例外，只能这样。"嗬，这同学会看样子蛮有情调。有道理，在某种情况下，保龄球、卡拉 OK 接下去水到渠成就是情人旅馆。由此之故（大概），镇上早婚男女似乎不少。

还说有一家旅馆叫"萨德¹侯爵的公馆"，遗憾的是位置不明确（只

1　法国小说家（1740—1814）。通称马尔基・德・萨德侯爵。作品多描写变态的施虐狂。

写道在其住处附近）。从这名称分析，大概也是以趣味相当特殊的情侣为对象的，没错儿。相反，作为超健全的情人旅馆，也有在门厅背景音乐中播放《你好宝贝》的——我倒是觉得"半斤八两"。

旭川的"农协"情人旅馆，满员时挂出的牌子写"丰收"，有空房间时则为"欠收"，并在门口放了两头小牛的大模型。真想了解一下这家旅馆是以怎样的旨趣和概念建造的。或者说这在旭川是司空见惯的不成？

还有，日前都筑响一君（名字集离奇古怪之大成）借给我一大堆名叫《游乐旅馆月刊》的情人旅馆业杂志。闲来翻看一下，这东西实在有趣得难以想象。近来我村上感触良多：日本深不可测啊！

赠品（二）倒不是讲随身听的坏话……

下雨不能跑步的日子去体育馆用固定自行车和阶梯装置折腾得浑身冒汗的时候，有时不由心生一念：这东西怕是浪费能量。

我想做过的人都晓得，这类运动认真做起来是非常累人的，汗出得能在地板形成水洼。然而在这里释放的能量不起任何作用，白白消失在空中，反过来还浪费了驱动器械的电力。如此无效作业，作为依赖有限资源生存的地球村一居民，难道能够允许吗？

如果能把人们在此消耗的能量用在发电上面该有多好！虽说发电量无足轻重，但若集于一处充电，把个游泳池烧成温水应该不成问题。倘有那样的设备——既然世上有这么多方便的电气产品，那么做那东西应该费不了多少脑筋——既能使自己健康又能使自己的努力多少回报社会，作为我当然高兴。可以像领献血手册那样领一本"发电手册"，每发100度电请工作人员盖个章，发满一万度从"电力银行"领取一份纪念品——那一来我就更高兴了。

如今人们疯了似的盯住健康二字，高尔夫、足球、游泳、跑步，拼死拼活做运动。但我觉得大部分人落脚点都很自私——"只要自己健康就行"。出发点决不是自私的，但结果上就是如此。对此我本身正在反省。

近来运动时心里常想："这么我行我素可以吗？森林在消失，非洲在沙漠化，库尔德人被镇压，冲绳人面对基地问题……"至少应该为社会发一点电才是，尽管微不足道。我认为健康本身未必是善，而这点一般人往往误解。勉强下个定义，健康无非是善之开始的一个标记而已。

社会上有人发表意见说"不知道日本在即将到来的二十一世纪应该走什么路，看不清路在哪里"。是那样的吗？我认为，现在我们面临的一个最重要课题，就是如何解决能源。具体说来即寻找能够替代石油发电、汽油驱动，特别是核电的安全环保型新能源，并使之实用化。当然这不是一朝一夕的目标，得花时间，得花钱。但是日本作为负责任的国家在这个时代所能走的负责任的道路，极端说来，除此别无选择。这一点，我在离开日本差不多五年的时间里切切实实地感受到了。

不错，二十世纪下半叶日本是作为以出口产品为基干的资本主义国家迅速发展起来了，可是这期间我们究竟产生了怎样的"划时代高科技"呢？丰田·皇冠产生了，索尼随身听产生了，电烤炉产生了，还有卡拉OK……呃——，此外还有什么来着？也许还有什么，我是再也想不起来了。

如此想来，纵使进入二十一世纪后日本乘势跃上繁荣顶峰，那不也是极其凄惘极其虚幻的吗？就是被后世历史学家戳脊梁骨恐怕也是有口难辩的。

反核运动当然重要，抵制法国葡萄酒也未尝不可。但是，如果

很久很久以前,日本那个国家造出了这么一个玩意儿

随身听

什么?什么?

（2999年的地球）

在技术上完成足以废弃核电的完整系统，那么日本这个国家的分量无论在现实中还是历史上都将大为不同——人们会说"虽有很多是是非非，但日本在那个时代毕竟为这惟一的地球、为人类做出了很大贡献"。而这应该是作为惟一遭受原子弹爆炸灾难的日本整个国家的迫切愿望。

我是个不值一提的文科出身之人，技术上什么忙也帮不了，但若这方面的大规模研究需要巨额资金，我情愿交付特别税金。作为一个国民，付出这点牺牲的觉悟还是有的。但是，考虑到日本近期能否出现具有提出这种足以令人信服的国家蓝图并号召国民支援协助的意识和力量的政治家，则不能不感到绝望，虽然这是可悲的事情。

说到底，我们所居住的不外乎是"随身听那个档次的国家"。我决非对随身听有什么意见……

投诉信·实例

（这是我实际写过的信，后来转念未寄出）

恕不客套。

为写这样一封信而花费早上宝贵时间，老实说对于我不是特别开心的事，可是心里总有难以释然之处，于是不由伏案提笔。

坦率地说，我去贵店的次数并不频繁。这主要是出于经济原因，但在打算招待尊贵客人的时候和个人想庆贺什么的时候，我必将贵店作为"首选"而同内人、朋友们一起去进晚餐，并且迄今为止每次都得以围着餐桌享受美味佳肴，谈笑风生地度过一个充实而愉快的夜晚。生活中有这样一家饭店，的确难能可贵。

诚然，同我平时常去的饭店相比，很难说价格便宜，但无论菜肴还是酒的选择抑或服务都可令人感觉出细腻周到的用心，因此我一向以为钱花得值得。一个熟人对贵店表示愤慨——"这次去得非常不愉快，绝不去第二次"——时，我还以为必有什么误会。因为我从未在贵店遭遇不快。

然而日前在贵店招待一位来自国外的钢琴家朋友时，服务质量的一落千丈令我深感意外且相当不快。我不大喜欢一一抱怨细节，当时服务之人的姓名（问了）这里就不写了。我想诉说的是：就餐时间里，我、内人、客人都渐渐觉得情况令人费解，最后相当气恼。说具体些，服务人员的言行中具体有六七处不友好的、不合情理的或者有欠考虑的表现，而如此情形过去我一次也没在贵店经历过。

以前我也曾在贵店招待过那位钢琴家朋友，作为她也把来东京再次在贵店进晚餐作为乐趣（况且那天是她的生日），惟其如此，我们更觉扫兴，落个败兴而归。也许"失望"这一说法最为贴切。

当然，在饭店里心生不快并非初次，往日也曾在几家东京以至外国有名的饭店领教过类似心情，但像此次这样写投诉信却是不曾有过，不去第二次也就是了。您也知道，写信是相当劳心费时的活计。

只是——前面也已说了——贵店是我个人中意的店，我招待过的朋友们也同样中意，仅仅"不去第二次"总觉得好像有头无尾。由于这个缘故，我才对着书桌写这封不无诉苦意味的、难说是多么愉悦的信，也可能多此一举，徒劳无益。

我们的账单中的××日元是所谓"服务费"。明确说来，当天的服务不具有××日元的价值。对此我们三人意见完全一致。假如是在美国或欧洲某家饭店，我们很可能作为 negative message（否定性信息）仅在桌上留下十日元小费离席而去。未能拥有传送这种实质性信息的选择权，对于我多少是件憾事。我想您不会误解，这不单单是钱款问题，而是心情问题。

或许那位服务生也自有其理由，也可能仅仅是心情不悦所致。但不管怎样，让我们三人无不怀带不快之感走出店门的服务，恐怕无论如何都不能说是服务。我们是支付了相应的代价在餐桌前就座的，何况我们席间并未提出过分要求，并未出言不逊盛气凌人。

　　对贵店来说也许是无谓的小事，可是我并非用公司招待费吃喝之人，花的是自己挣来的"血汗钱"，来这里享受一次美餐是需要下相应的决心的，朋友也是偶尔来此欢度生日之夜的极为普通的人。为此我还像模像样地扎了一条不愿扎的领带。冒昧说点私事，今年我仅扎过两次领带，在贵店的那天晚上是其中宝贵的一次。

　　如此郑重其事的心情被无情毁掉对于我委实遗憾之至。眼看傍晚时分兴冲冲的心情在眼前渐趋淡薄最后杳无踪影是令人无比难受的事情，纵使那是我们有限而虚幻的人生中屡见不鲜的场景。

　　最后再说一句，关于菜肴则无任何怨言。

村上春树敬上

后记

　　想写的正文里也都写了，应该没有什么可特别交待的了，但最后不说两句总好像少点什么，就简单说两句。

　　这本书里收录的是我从一九九五年十一月开始在《朝日周刊》连载一年零一个月的随笔。说实话，我不擅长给周刊写连载随笔。十年前同在《朝日周刊》以同一"村上朝日堂周刊"这个专栏名称和同一个安西水丸连载了一年，那是第一次也是最后一次（迄今为止）。

　　为什么说不擅长写周刊随笔呢？因为一想到每周每周都要正经写点什么，脑袋就没办法放松。要考虑题材，又有交稿期限，如此一一挂在心上，搞得我无法沉下心写小说。也许是禀性的关系吧，我写小说时不投入全副身心是写不出来的。

不知幸与不幸，去年没有写小说的安排，加上想写的东西积攒不少，心想差不多可以干一场了，于是相隔十载重归旧巢。水丸也痛快地表示愿意画插图。不管怎么说，没了水丸的插图，就无所谓"村上朝日堂"。

原想十年前的连载不会有谁记得了，不料连载刚开始就接到许多来信，热情鼓励我"重开朝日堂开得好"。多谢！说"有人缘"大概不大合适，反正我因此得以快快乐乐地把连载进行到底。本来打算写满一年止笔，但意犹未尽，就延长了一个月。这种情况不是很多的。

我一边写这连载，一边在这一年时间里悄悄采访地铁沙林毒气事件的受害者（时期上几乎完全吻合），采访结果整理成了一本书，名叫《地下》。坦率说来，那方面相当辛苦，"村上朝日堂"这边好像成了保持精神平衡的理想的换气孔。所以，看这些文章的时候，如果你为所在皆是的百无聊赖感到吃惊，思忖这家伙怕是傻瓜，那么就请好意地解释为这不过是村上这个人的派生性一面好了。

不过没准这一面倒是我的本质。

从我个人角度说，这本书可以献给去年夏天死去的我的长寿猫缪斯的在天之灵。收在这里的文章写完几个月后，她静静地中止了呼吸。我和缪斯的相遇十分奇妙。她生后六个月来到我在国分寺的家时，记得我才二十六岁，自己成为小说家的可能性当时根本没有浮出地平线。

自那以来，她基本守在我身边。说风雅也可以，说碰巧也未尝不可——她以其超然而冷静的侧眼定定地注视着我兵荒马乱的人生。至于缪斯看了作何感想，我无由得知。猫的心思实在无法破解。

不管怎样，她始终毫无怨言，一再搬家她也顽强地跟了下来——我要向这只聪明得不可思议的母猫最后简单致以惜别之意：

缪斯在天之灵哟，安息吧！我还得坚持一阵子。

村上春树

一九九七年三月

附录　村上朝日堂月报

"关于温泉的无意义谈话"

村上春树　安西水丸

春　树　在国外生活的日本人最怀念的东西，大概一是温泉二是可口的日本酒。尤其是温泉，毕竟不能邮寄，更叫人时不时想得厉害——啊，真想泡温泉！你是喜欢温泉的吧?

水　丸　喜欢喜欢，虽说没喜欢到岚山（光三郎）[1] 那个地步。

1　日本小说家（1942—　）。作品多写饮食、旅行等。2000 年以《芭蕉的诱惑》获日本交通公社的纪行文学大奖。

那个人嘛，喏喏，腰里光围条毛巾……他好像最适合那副打扮。

春　树　什么也不围更适合。

水　丸　啊，那大概还不至于……最近刚从和歌山县龙神温泉回来。从田边出发，从这里到山中要一个多小时。温泉很有乡间味儿，或者不如说是秘境温泉。旅馆虽小，但温泉十分气派。

春　树　莫不是《大菩萨岭》[1]的龙神温泉？

水　丸　是的是的，是那深山老林里的龙神温泉。机龙之助去那里治过眼睛。

春　树　那么，你没有作为平成的机龙之助在那个温泉里把哪位未亡人迷得神魂颠倒吧……

水　丸　哪里哪里（笑）。不过，类似的事倒是不时有之。

春　树　瞧你瞧你，一塌糊涂！不过么，温泉这东西，因地点不同用途也各有不同。比如有：①适合一个人去的温泉，②适合全家人去的温泉，③适合带情人去的温泉。等等。

1　大菩萨岭是位于日本山梨县盐山市的名胜，因日本近代作家中里介山（1885—1944）的小说、号称世界最长作品的《大菩萨岭》而闻名。机龙之助是小说中的主人公，一位手持魔剑的剑客。

　　水　丸　是啊是啊，龙神那个温泉正适合一个人去。房间不上锁，门一拉即开，紧张啊！若说有刺激性倒也是有的，嘿嘿。

　　春　树　带着寻求刺激的情人去就好了。那么，适合带情人同去的一般性温泉具体在什么地方呢？

　　水　丸　还是伊豆一带吧。例如房间里带有专用露天浴盆的旅馆什么的，只要不主动打电话决没人来，没人打扰。那样的地方就是适合带情人同去的一般性温泉。

　　春　树　有道理。离东京又近，这方面的需求必定很多。

　　水　丸　伊豆一带的温泉要先一个人去，在那里等情人随后赶到——这样子再妙不过。泡完温泉靠着二楼窗口坐下，一小口一小口品着酒，傍晚时分瞧见情人从对面过得桥来，心想："啊，来了来了！"

　　春　树　了不起的写实性，这个。

　　水　丸　哪里，这纯属想象（笑）。

　　春　树　我相当喜欢雨天里的露天温泉。尤其初春淅淅沥沥的小雨更有情趣。进去暖一下身子，爬上来呆呆地任雨浇淋，发凉时再下水温暖一会儿……就这样不断重复下去。怎么说呢，好像吃完咸脆饼干再吃奶油巧克力，没完没了。

我相当喜欢
雨天里的露
天温泉

水　丸　我嘛，去温泉也泡不多大工夫，很快就爬出来，往下彻底放松。

春　树　总之就是无所事事只管喝酒喽？

水　丸　是那样的。

春　树　并且放松地静等情人过得桥来。

水　丸　不来可就白等了。

春　树　那是啊（笑）。学生时代我一个人背着背囊漫无目标地到处走。记得初冬在青森[1]的山里走着，在没一个人影的白雪点点的荒野正中，有一眼小温泉孤零零地喷涌出来，野兔在那里蹦蹦跳跳。很想当场脱光跳下去，但天已黑了，又不大放心，就走了过去。那光景至今还清晰地印在脑海里，时常后悔当时没跳进去。哪里来着？地点记不得了。

水　丸　是想去温泉啊！

1　日本本州北部的县。